U0908309

康节先生文集②

伊川击壤集

[宋]邵　雍　著
闵兆才　编校

华龄出版社

责任编辑:薛　治
责任印制:李未圻

图书在版编目(CIP)数据

康节先生文集.2／(宋)邵雍著；闵兆才编校. --
北京：华龄出版社，2020.10
ISBN 978-7-5169-1743-5

Ⅰ.①康… Ⅱ.①邵… ②闵… Ⅲ.①宋诗-诗集
Ⅳ.①I222.744

中国版本图书馆CIP数据核字(2020)第175928号

书　　名:康节先生文集.2
作　　者:(宋)邵　雍 著　闵兆才 编校

出 版 人:胡福君
出版发行:华龄出版社
地　　址:北京市东城区安定门外大街甲57号　　邮　　编:100011
电　　话:(010)58122246　　传　　真:(010)84049572
网　　址:http://www.hualingpress.com

印　　刷:石家庄北方海德印刷有限公司
版　　次:2020年10月第1版　2020年10月第1次印刷
开　　本:710mm×1000mm　1/16　　印　　张:24
字　　数:286千字
定　　价:58.00元

版权所有　翻印必究

本书如有破损、缺页、装订错误,请与本社联系调换

出版说明

邵雍（1011—1077），字尧夫。北宋著名理学家、象数学家、哲学家、诗人。自号安乐先生，祖籍河北范阳（今河北省涿州市），后移居衡漳，再迁共城（今河南省辉县市），又徙洛阳。邵雍卒于宋神宗熙宁十年，宋哲宗元祐中谥“康节”，按照《谥法》用字的特定含义，温良好乐曰“康”，能固所守曰“节”，所以追谥为“康节”。宋孝宗淳熙初从祀孔庙，追封新安伯。一介终生无职无权的布衣之士，身后能享此殊荣的，三千年来，只有邵雍一人。

邵雍曾隐居在河南辉县的苏门山百源之上，后人称为“百源先生”。屡授官不赴。与周敦颐、张载、程颢、程颐同为中国文化史上知名的北宋五大儒，亦称“北宋五子”。明代嘉靖中祀称“先儒邵子”。邵雍以讲《易》著称，为理学象数学派的创始者。

邵雍是宋代易学大师、思想家，是一位卓尔不凡的奇才！他终生奉行的人生哲学就是：讲求高尚的道德情操，探求宇宙的无穷奥秘，研究天人的离合关系，写出传世的诗赋文章。他曾表示，一生要做到“心无妄思，足无妄去，人无妄交，物无妄受”。立身处世，都要做一个品行端正、与人为善的君子。

历史上的邵雍家境清贫、生活拮据，但他从小酷爱读书、勤奋好学，闻名乡里。当时辉县县令李之才是北宋初期著名的易学家，他为邵雍的治学精神所感动，将其平生所学河图、洛书、伏羲八卦、六十四卦图，毫无保留地传授给邵雍。得到真传的邵雍更加刻苦，史书上记载他“冬不炉，夏不扇，日不再食，夜不就席枕”，经过几十年的刻苦磨砺，终于成为中国的一代易学大师。

邵雍融合儒家、道家思想，把《周易》归结为“象”和“数”，以为象数系统是最高法则，形成其象数之学（又称“先天学”），并按照自己推衍的象数解释事物的构成和变化图象，构造出宇宙发生的图象体系。认为宇宙的本源是“太极”或“道”。“太极，道之极也”，“生天地之始，太极也”。“太极一也，不动，生二，二则神也。神生数，数生象，象生器”。提倡以心来体会万物之理，即“以一心观万心，一身观万身，一物观万物，一世观万世”。世界万物均由一个总的本体“太极”演化而来，然后“一分为二”生出阴阳，“二分为四”生出日、月、星、辰四象，“四分为八”生出八卦，“八分十六”生出暑寒昼夜、雨风露雷、性情形体、飞走木草。依次分化，遂生世界万物。其象数学对于宋明理学的产生与发展有重大影响。

《周易》是中国传统文化宝库中一部十分重要的文献，为“六经之首”。在我国，对易学的研究历久不衰，尤其是在宋代，由于河图、洛书、太极图、先天图的发现，易学研究出现了一个高峰。在易学史上，宋代的主要贡献突出表现在两个方面：一是综合河洛之学与《易经》象数之学的成果，对宇宙、历史盛衰治乱的规律建立了一个完整的体系；二是将以往这门经院哲学式的科学化繁为简，化难为易，使其迅速走向民间，它的实用价值因此日益显示，日渐扩大。而完成这两大变革的代表人物便是邵雍。

南宋大儒，著名思想家、教育家、理学家朱熹曾盛赞康节先生：“天挺人豪，英迈盖世。架风鞭霆，历览无际。手探月窟，足蹑天根。闲中今古，醉里乾坤。”北宋著名思想家，“洛学”的创始人，理学体系的形成者程颢称邵雍的学术为“内圣外王之学”。北宋著名思想家程颐称赞邵雍“其心虚明，自能知之”。邵雍门生张峄总结说，先生“研精极思，三十年观天地之消长，推日月之盈缩，考阴阳之度数，察刚柔之形体。故经之以元，纪之以会，参之以运，终之以世。又断自唐虞，讫于五代，本诸天道，质以人事，兴废治乱，靡所不载。其辞约，其义广，其书著，其旨隐。于是乎美矣！至矣！天下之能事毕矣！”

我们广泛搜集、整理，将邵雍的著作汇编成《康节先生文集》，以飨读者。

《伊川击壤集》导读

邵雍精通易理，通达象数，学识渊博，但终生不仕，自称“无名公”。邵雍把他的自乐之诗集取名为《伊川击壤集》，是有来历的。传说唐尧时有一老者击壤而歌：“日出而作，日入而息，凿井而饮，耕田而食。”邵雍把他的诗集定为此名，表明了自己要隐居不仕的心意。

邵雍作为“北宋五子”之一，与周敦颐、张载、程颢、程颐一起为理学在宋代的开辟与发展奠下了坚实的理论基础，同其他四子相比，邵雍在文学尤其是诗歌领域也取得了令世人瞩目的成就。他在诗歌创作上强调以“说理明道”为本，以“修词遣句”为末。他在读书讲学之余，写诗二十余卷，诗风颇像唐代的白居易，平实自然，不拘泥于文。邵雍晚年在洛阳居住，写诗更是信手拈来，自抒胸臆，脱然于诗法之外，这在宋代诗文中独树一帜。邵雍的诗推动了当时诗文革新运动的开展，在中国文学史上邵雍也占有一席之地。

邵雍《山村咏怀》：“一去二三里，烟村四五家。亭台六七座，八九十枝花。”这首诗通过列锦的表现手法把烟村、人家、亭台、鲜花等景象排列在一起，构成一幅田园风光图，并创造出一种淡雅的意境，表达出诗人对大自然的喜爱与赞美之情。这首诗曾选入小学课本。

然而长期以来，由于受传统诗学观的影响和对理学重道轻文观念的偏见，诗论家对以邵雍《伊川击壤集》为代表的理学诗的文学成就始终未能引起足够的重视，但在南宋严羽的《沧浪诗话》中，以说理为主的“康节体”（或称“邵康节体”）赫然与苏、黄、王、陈等宋诗诸大家相并列，充分地体现出其强烈的个性化色彩，这也是在文学批评史上第一次对邵雍诗歌进行的诗学化的身份确认，具有重大的认识价值。（袁辉《邵雍文学研究》）

“康节体”是指邵雍的诗歌体制风格。严羽《沧浪诗话·诗体》

云："以人而论，则有……邵康节体。"邵雍为宋代理学诗派中的代表作家，所作诗歌不拘诗法声律，不重苦吟锤炼，只求直陈胸臆，率尔成章，既深蕴义理，有的又颇饶情趣，诗风浅切平畅，在宋诸家中独具一格。邵雍在《伊川击壤集·自序》中说："近世诗人，穷戚则职于怨憝，荣达则专于淫泆，身之休戚，发为喜怒，时之否泰，出于爱恶，殊不以天下大义而为言者，故其诗大率溺于情好也。噫！情之溺人也甚于水。"因此他主张诗要"言性"、"写心"，反对诗言情。由于他根本否定诗歌的抒情特征，因此，他的诗歌便被刘克庄（南宋诗人、词人、诗论家）称为"语录讲义之押韵者"（《吴恕斋诗稿跋》）。在邵雍的影响下，诗坛出现了不少语录体的诗作，这不能不说是宋代诗歌主流之外的别调。

《伊川击壤集》是北宋大儒邵雍的诗歌总集。诗集"第一现场"式地保留了邵雍大量的日常生活体验，呈现了在生、老、病、死等生存境遇下丰富多彩的身体样态，展现了易学大家邵雍鲜明的身体意识，以及面对生、老、病、死等人生问题时的真知灼见和旷达情怀。诗歌所描述，既有康泰身体的舒展自在，也有衰老身体的乐天顺化、病疼身体的超然达观。而面对死亡问题，邵雍继承孔子"未知生，焉知死"的言说策略，借吟咏欢乐之生，表达了纵身大化、"真生""善死"的乐天态度。《伊川击壤集》中多姿的身体样态是邵雍与世界"相照面"时的具身化表现，体现了浓厚的身体意识和鲜明的生死观念，这对理解邵雍整个思想体系具有重要意义。（刘春雷《从〈伊川击壤集〉看邵雍的身体意识》）

邵雍在《伊川击壤集》中清晰地记载了他的人生轨迹，从中可以看出他人生志趣的变化过程及其心理动因。早年的邵雍曾应礼部贡举，走的是读书应试求功名的道路，后因家庭经济条件和自身健康状况的限制以及受富贵在天的宿命论思想的影响，邵雍转而专心从事学术研究，在由"立功"向"立言"的转折过程中，邵雍下了一番勘破富贵、铢视轩冕的修养功夫。在北宋的党争氛围中，他清醒地认识到社会政治环境的复杂和功名富贵伴生的风险，对现实政治采取了冷眼旁观、袖手不为的姿态。邵雍崇经术而抑政事，大力提高名教事业的地位，其实质是要把理学思想体系建立为一种话语权力的知识型构。邵雍的学术旨趣是纳外王于内圣之中，其人生最高理想是名教事业，所以他虽身处官僚体制之外，却有着体制内士大夫垂训百姓的精英意识和导师心态。他在诗歌创作中内化了其学术精神和政治品格，实现了学术主体、政治主体与文学主体的内在融合。（王利民，徐艳《从〈伊川击壤集〉看邵雍的人生志趣》）

《伊川击壤集》在东亚文化圈内也有着非常广泛地传播与影响，并且在日本和朝鲜都曾多次刊刻，现今亦有朝鲜刊本和刻本传世。邵雍的道德人格和《伊川击壤集》不仅受到理学界的推崇，同时也对域外汉诗的创作具有深远的指导意义。

下面引用邵雍诗作《安乐窝》中关于其诗集的自我评价，以供读者朋友鉴赏。

安乐窝中诗一编，自歌自咏自怡然。
陶熔水石闲勋业，铨择风华静事权。
意去乍乘千里马，兴来初上九重天。
欣时更改两三字，醉后吟哦五七篇。
直恐心通云天外，又疑身是洞中仙。
银河汹涌翻晴浪，玉树查牙生紫烟。
万物有情皆可状，百骇无病不能蠲。
命题滥被神相助，得句谬为人所传。
肯让贵家常奏乐，宁渐富室剩收钱。
若条此过知何限，因甚台官独未言。

目 录

伊川击壤集卷之一

伊川击壤集卷之二

伊川击壤集卷之三

伊川击壤集卷之四

伊川击壤集卷之五

伊川击壤集卷之六

伊川击壤集卷之七

伊川击壤集卷之八

伊川击壤集卷之九

伊川击壤集卷之十

伊川击壤集卷之十一

伊川击壤集卷之十二

伊川击壤集卷之十三

伊川击壤集卷之十四

伊川击壤集卷之十五

伊川击壤集卷之十六

伊川击壤集卷之十七

伊川击壤集卷之十八

伊川击壤集卷之十九

伊川击壤集卷之二十

集外诗

《钦定四库全书·伊川击壤集》

提　要

臣等谨案：《击壤集》二十卷，宋邵子撰，前有治平丙午自序，后有元祐邢恕序。晁公武《读书志》云："雍邃于易数，歌诗盖其余事，亦颇切理。"案：自班固作《咏史》诗，始兆论宗；东方朔作《诫子》诗，始涉理路。沿及北宋，鄙唐人之不知道，于是以论理为本，以修词为末，而诗格于是乎大变，此《集》其尤著者也。朱国桢《涌幢小品》曰："佛语衍为《寒山诗》，儒语衍为《击壤集》。此圣人平易近人、觉世唤醒之妙用。"是亦一说。然北宋自嘉祐以前，厌五季佻薄之弊，事事反朴还淳。其人品率以光明豁达为宗，其文章亦以平实坦易为主，故一时作者，往往衍长庆余风。王禹偁诗所谓"本与乐天为后进，敢期杜甫是前身"者是也。邵子之诗，其源亦出白居易，而晚年绝意世事，不复以文字为长，意所欲言，自抒胸臆，原脱然于诗法之外。毁之者务以声律绳之，固所谓谬伤海鸟，横斤山木；誉之者以为风雅正传。庄昶诸人，转相摹仿，如所谓"送我一壶陶靖节，还他两首邵尧夫"者，亦为刻画无盐，唐突西子矣，失邵子之所以为诗矣。况邵子之诗，不过不苦吟以求工，亦非以工为厉禁。如邵伯温《闻见前录》所载《安乐窝》诗曰："半记不记梦觉后，似愁无愁情倦时。拥衾侧卧未欲起，帘外落花撩乱飞。"此虽置之江西派中，有何不可？而明人乃唯以鄙俚相高，又焉知邵子哉？集为邵子所自编，而杨时《龟山语录》所称"须信画前原有《易》，自从删后更无《诗》"一联，集中乃无之，知其随手散佚，不复收拾，真为寄意于诗而非刻意于诗者矣。又案：邵子抱道自高，盖亦颜子陋巷之志，而黄冠者流以其先天之学，出于华山道士陈抟，又恬淡自怡，迹似黄老，遂以是集编入《道藏·太玄部》《贱字》、《礼字》二号中，殊为诞妄。今并附辨于此，使异教无得牵附焉。

乾隆四十二年六月恭校上

《伊川击壤集》自序

《击壤集》，伊川翁自乐之诗也。非唯自乐，又能乐时，与万物之自得也。

伊川翁曰：子夏谓“诗者，志之所之也。在心为志，发言为诗，情动于中而形于言，声成其文而谓之音”，是知怀其时则谓之志，感其物则谓之情，发其志则谓之言，扬其情则谓之声，言成章则谓之诗，声成文则谓之音。然后闻其诗，听其音，则人之志、情可知之矣。且情有七，其要在二，二谓身也、时也。谓身则一身之休戚也，谓时则一时之否泰也。一身之休戚，则不过贫富贵贱而已；一时之否泰，则在夫兴废治乱者焉。是以仲尼删《诗》，十去其九；诸侯千有余国，《风》取十五；西周十有二王，《雅》取其六。盖垂训之道，善恶明著者存焉耳！

近世诗人，穷戚则职于怨憝，荣达则专于淫泆。身之休戚，发于喜怒；时之否泰，出于爱恶。殊不以天下大义而为言者，故其诗大率溺于情好也。噫！情之溺人也，甚于水。古者谓“水能载舟，亦能覆舟”，是覆载在水也，不在人也。载则为利，覆则为害，是利害在人也，不在水也。不知覆载能使人有利害耶？利害能使水有覆载耶？二者之间必有处焉，就如人能蹈水，非水能蹈人也。然而有称善蹈者，未始不为水之所害也。若外利而蹈水，则水之情亦由人之情也；若内利而蹈水，则败坏之患立至于前，又何必分乎人焉、水焉！其伤性害命一也。性者，道之形体也，性伤则道亦从之矣。心者，性之郛郭也，心伤则性亦从之矣。身者，心之区宇也，身伤则心亦从之矣。物者，身之舟车也，物伤则身亦从之矣。是知以道观性，以性观心，以心观身，以身观物，治则治矣，然犹未离乎害者也。不若以道观道，以性观性，以心观心，以身观身，以物观物，则虽欲相伤，其可得乎？若然，则以家观家，以国观国，以天下观天下，亦从而可知之矣。

予自壮岁，业于儒术，谓人世之乐何尝有万之一二，而谓名教之乐，固有万万焉。况观物之乐，复有万万者焉。虽死生荣辱，转战于前，曾未入于胸中，则何异四时风花雪月一过乎眼也。诚为能以物观物，而两不相伤者焉，盖其间情累都忘去尔。所未忘者，独有诗在焉。然而虽曰未忘，其实亦若忘之矣。何者？谓其所作异乎人之所作也。所作不限声律，不沿爱恶，不立固必，不希名誉，如鉴之应形，如钟之应声。其或经道之余，因闲观时，因静照物，因时起志，因物寓言，因志发咏，因言成诗，因咏成声，因诗成音，是故哀而未尝伤，乐而未尝淫。虽曰吟咏情性，曾何累于性情哉！

钟鼓，乐也；玉帛，礼也。与其嗜钟鼓玉帛，则斯言也不能无陋矣。必欲废钟鼓玉帛，则其如礼乐何？人谓风雅之道行于古而不行于今，殆非通论，牵于一身而为言者也。吁！独不念天下为善者少，而害善者多；造危者众，而持危者寡。志士在畎亩，则以畎亩言，故其诗名之曰《伊川击壤集》。时有宋治平丙午中秋日也。

伊川击壤集卷之一

伊　川　邵　雍　尧夫

观棋大吟

人有精游艺，予尝观奕棋。算余知造化，着外见几微。
好胜心无已，争先意不低。当人尽宾主，对面如兵机。
财利激于衷，喜怒见于颀。生杀在于手，与夺指于颐。
戾不殊冰炭，和不侔损篪。义不及朋友，情不通夫妻。
珠玉出怀袖，龙蛇走肝脾。金汤起樽俎，剑戟交屏帏。
白昼役鬼神，平地蟠蛟螭。空江响雷雹，陆海诛鲸鲵。
寒暑同舒惨，昏明共蔽亏。山河灿于地，星斗会璇玑。
因睹输赢势，翻惊宠辱蹊。高卑易裁制，返覆难拘羁。
心迹既一判，利害不两提。卷舒当要会，取舍在须斯。
智者伤于诈，信者失于椎。真伪之相杂，名实之都隳。
得者失之本，福为祸之梯。乾坤支作讼，离坎变成睽。
弧矢相凌犯，言辞共诋欺。何尝无胜负，未始绝兴衰。
前日之所是，今日之或非。今日之所强，明日之或羸。
以古观后世，终天露端倪。以今观往昔，何止乎庖牺。
尧舜行揖让，四凶犹趄趑。汤武援干戈，三老诚有讥。
虽皋陶陈谟，而伊周献规。曾未免矣夫，疗骨而伤肌。
仁为名所败，义为利所挤。治乱不自己，因革徒从宜。
与贤不与子，贤愚生瑕疵。与子不与贤，子孙生疮痍。
或苗民逆命，或有扈阻威。或羿浞起衅，或管蔡造疑。
或商人征葛，或周人乘黎。或鸣条振旅，或牧野搴旗。
灼见夏台日，曾照升自陑。安知羑里月，不照逾孟师。
厉王奔于彘，幽王死于骊。平王迁于洛，赧王败于伊。

或盟于召陵，或会于黄池。或战于长岸，或弑于乾溪。
或入于鄢郢，或栖于会稽。或屠于大梁，或入于临淄。
五霸共吞噬，七雄相鞭笞。暴秦灭六国，楚汉决雄雌。
天尽于有日，地极于无涯。遐迩都包括，纵横悉指挥。
并田方奕奕，兵甲正累累。易之以阡陌，画之以郊畿。
销之以锋镝，焚之以书诗。罢侯以置守，强干而弱枝。
重兵栖上郡，长城堑边陲。自谓磐石固，万世无已而。
回天于指掌，割地于阶墀。视人若蝼蚁，用财如沙泥。
阿房宫未毕，祖龙车至戏。骊山卒未放，陈涉兵自蕲。
灞上心非浅，鸿门气正滋。咸阳起烟焰，南郑奋熊罴。
人鬼同交错，风云共惨凄。项强刘未胜，得鹿莫知谁。
约法三章在，收兵五国随。庙堂成算重，帷幄坐筹奇。
广武貔貅怒，鸿沟虎豹饥。荥阳留纪信，垓下别虞姬。
三杰才方展，千年运正熙。山川旧形胜，日月新光辉。
正朔承三统，车书混四维。方隅无割据，穷僻有羁縻。
后族争行日，军分南北司。当时无佐命，何以救颠脐。
百战方全日，长兵震天岳。岂知巫蛊事？祸起刘屈牦。
冢宰司衡日，重明正渺弥。见危能致命，无忝奇孤遗。
剧贼欺孤日，行同狐与狸。宫中凌寡妇，殿上逐婴儿。
龙战知何所，冰坚正在兹。溃堤虽患水，御水敢忘堤。
东汉重晞日，昆阳屋瓦飞。幽忧新室鬼，狼籍渐台尸。
鄗邑追隆准，新安扫赤眉。再逢火德王，复睹汉官仪。
窦邓缘中馈，阎梁挟牝鸡。经何功殆尽，至董业都糜。
河洛少烟火，京都多蒿藜。长天有鸟度，白骨无人悲。
城有隍须复，羊无血可刲。大厦之将颠，非一木可支。
孟德提先手，仲谋藉世资。玄德志不遂，竟终于涕洟。
西晋尚清谈，大计悬品题。妇人执国命，骨肉生疠疵。
二主蒙霜露，冠尘犯鼎彝。世无管夷吾，令人重嘘郗。
广陌羌尘合，中州代马嘶。龙光射牛斗，日影化虹霓。
辟草来洛汭，垦田趋江湄。二百有四年，方驾而并驰。

国破西风暮，城荒春草萋。长江空满目，行客泪沾衣。
后魏开北首，孝文几缉绥。河套旋有变，国分为东西。
尔朱夺高氏，宇文灭北齐。及隋始并陈，四海为藩篱。
泛汴公私匮，征辽士卒疲。有身皆厌苦，无口不嗟咨。
处处称年号，人人思乱离。中原未有主，谁知非鹿麋。
千一难知日，天人相与期。龙腾则云霭，虎步则风凄。
母后专朝日，相仍紊宫闱。可嗟桓彦范，不杀武三思。
绣岭喧歌舞，渔阳动鼓鼙。太平其可傲，徒罪一杨妃。
剑阁离天日，潼关漏虎貔。两京皆覆没，九庙咸倾攲。
乐极则悲至，恩交则害携。事无可奈何，举目谁与比？
自此藩方盛，都无臣子祗。恃功而不朝，讨贼以为词。
各拥部兵盛，谁怜王室卑？邀朝廷姑息，观社稷安危。
攻取非君命，诛求本自肥。乘舆时播越，扈从或参差。
尾大知难运，鞭长岂易麾？长奸忧必至，养虎害终贻。
国步何颠沛，君心空忸怩。时来花烂漫，势去叶离披。
十姓分中夏，五家递通逵。徒明星有烂，但东方未晞。
才返长芦镇，旋驱胡柳陂。绛霄共日取，玄武火何痴。
中渡降堪罪，栾城死可嗤。太原朝见入，刘子夕闻啼。
事体重重别，人情旋旋移。弃灰犹隐火，朽骨尚称龟。
谲诈多阴中，艰忧常自罹。挠防肤革易，患救腹心迟。
语祸不旋踵，言伤浪噬脐。欲升还陨落，将坠却扶持。
瞑眩人皆恶，康宁世共晞。须能蠲重疾，始可谓良医。
久废田硗确，难行路险巇。不逢真主出，何以见施为？
家国遭迍极，君臣际会稀。上天生假手，我宋遂开基。
睿算随方设，群豪引领归。迄今百余载，兵革民不知。
成败须归命，兴亡自系时。天机不常设，国手无常施。
往事都陈迹，前书略可依。比观之博奕，不差乎毫厘。
消长天旋运，阴阳道范围。吉凶人变化，动静事枢机。
疾走者先颠，迟茂者后萎。与其交受害，不若两忘之。
求鱼必以筌，获兔必以网。得之不能忘，羊质而虎皮。

道大闻老子，才难语仲尼。造形能自悟，当局岂忧迷？
黑白焉能浼，死生奚足倚！应机如破的，迎刃不容丝。
勿讶傍人笑，休防冷眼窥。既能通妙用，何必患多岐？
同道道亦得，先天天弗违。穷理以尽性，放言而遣辞。
视外方知简，听余始识希。大羹无以和，玄酒莫能漓。
上兵不可伐，巧历不可推。善者不可道，逸驾不可追。
兄弟专乎爱，父子主于慈。天下亦可授，此着不可私。

过温寄巩县宰吴秘丞

（皇祐元年）

风软玉溪腾醉骑，花繁石窟漾歌舟。
相望咫尺仙凡隔，不得同陪三月游。

新居成呈刘君玉殿院

履道坊南竹径修，绿扬阴里水分流。
众贤买得澄心景，独我居为养志秋。
若比陈门成已僭，敬陪颜巷亦堪忧。
无端风雨虽狂暴，不信能凌沈隐侯。

寄谢三城太守韩子华舍人

洛阳自为都，二千有余年。举同图籍中，开目今古间。
西北岌宫殿，东南倾山川。照人伊洛清，迎门嵩少寒。
水竹最佳处，履道之南偏。下有幽人室，一径通柴关。
蓬蒿隐其居，藜藿品其餐。上亲下妻子，厚薄随其缘。
人虽不堪忧，已亦不改安。阅史悟兴亡，探经得根源。
有客谓予曰：子独不通权。清朝能用才，圣主正求贤。
道德与仁义，不徒为空言。功业贵及时，何不求美官？

上食天子禄，下拯苍生残。通衢张大第，负郭广良田。
朱门烂金紫，青楼繁管弦。外厩列肥骏，后庭罗纤妍。
入则坐虚堂，出则乘华轩。冠剑何烨烨，气体自舒闲。
高谈天下事，广坐生晴烟。人莫敢仰视，屏息候其颜。
此所谓男子，志可得而观。又何必自苦，形容若枯鳣。
道古人行事，拾前世遗编。而临水一沟，而爱竹数竿。
此所谓匹夫，节何足而攀。予敢对客曰：事有难其诠。
身非好敝缊，口非恶珍膻。岂不知系匏？而固辞执鞭。
盖惧观朵颐，敢忘贲丘园。深极有层波，峻极有层巅。
履之若平地，此非人所艰。贫贱人所苦，富贵人所迁。
处之若处事，此诚人所难。进行己之道，退养己之全。
既未之易地，胡为乎不坚。敢谓客之说，曾无所取焉。
猗嗟乎玉兮，产之于荆山。和氏虽云知，楚国未为然。
污隆道屈伸，进退时后先。苟不循此理，玉毁谁之愆？
道之未行兮，其命也在天。近日游三城，薄言尚盘桓。
当世之名卿，加等为之延。或清夜论道，或后池漾船。
数夕文酒会，有无涯之欢。十月初寒外，万叶清霜前。
归来到环堵，竹窗晴醉眠。仰谢君子知，代书成此篇。

答寄尧夫先生

（颍川韩绛）

君子志于道，也处非一端。伊尹负鼎俎，颜渊乐瓢箪。斯自理适当，匪缘情所安。超然达者致，邈矣谁可攀？嗟嗟狂若狷，徇己缺其完。轩冕死不释，山林趋不还。我爱邵夫子，醇气充见颜。群经究彼邃，古史阅而删。不为诡异行，已蹈时俗难。逃名去其奥，筑室伊洛间。抱业舍仕进，竭心奉亲欢。修竹当环堵，寒流日潺潺。问谁从之游，结驷款其关。兹予久欣慕，欲往良独艰。幸君适河内，至此解征鞍。僚友恃交旧，屈致及门阑。前迎倒我屣，布席罗雕盘。高谈未一二，长棹忽归骞。不意馈双鲤，剖腴出琅玕。何以报嘉惠？永怀金与兰。

依韵和张元伯职方岁除

（嘉祐元年）

及正四十六，老去耻无才。残腊方回律，新春又起灰。
非唯忘利禄，况复外形骸。白发已过半，光阴任自催。

谢郑守王密学惠酒

堂堂大府来新酒，密密小园开好花。
此日饮之红树下，还惊不称野人家。

小园逢春

小隐园中百本花，各随红紫发新芽。
东君见借阳和力，不减公侯富贵家。

和张二少卿丈白菊

清淡晓凝霜，宜乎殿颢商。自知能洁白，谁念独芬芳？
岂为琼无艳，还惊雪有香。素英浮玉液，一色混瑶觞。

生男吟

（嘉祐二年）

我本行年四十五，生男方始为人父。
鞠育教诲诚在我，寿夭贤愚系于汝。
我若寿命七十岁，眼前见汝二十五。
我欲愿汝成大贤，未知天意肯从否？

闲吟四首

平生如仕宦，随分在风波。所损无纪极，所得能几何？
既乖经世虑，尚可全天和。樽中有酒时，且饮复且歌。

予年四十七，已甫知命路。岂意天不绝，生男始为父。
且免散琴书，敢望大门户。万事尽如此，何用过忧惧？

居洛八九载，投心唯二三。相逢各白首，共坐多清谈。
人事已默定，世情曾久谙。酒行勿相逼，徐得奉醺酣。

欲有一瓢乐，曾无二顷田。丹诚未贯日，白发已华颠。
云意寒尤淡，松心老益坚。年来疏懒甚，时忆旧林泉。

和张少卿丈再到洛阳

当年曾任青春客，今日重来白雪翁。
今日当年已一世，几多兴替在其中？

高竹八首

高竹百余挺，固知为予生。忽忽有所得，时时闲绕行。
自信或未至，自知或未明。窃比于古人，不能无愧情。

高竹临清沟，轩小亦且幽。光阴虽属夏，风露已惊秋。
月色林间出，泉声砌下流。谁知此夜情？邈矣不能收。

高竹已可爱，况在垂杨下。幽人无轩冕，得此自可诧。
枉尺既不能，括囊又何谢？贾生若知此，恸哭亦自罢。

高竹碧相倚，自能发余清。时时微风来，万叶同一声。
道污得夷理，物虚含远清。阶前闲步人，意思何清平。

高竹如碧幢，翠柳若低盖。幽人有轩槅，日夜与之对。
宇静觉神开，景闲喜真会。与其丧吾真，孰若从吾爱。

高竹杂高梧，还惊秋节初。晚凉尤可喜，旧帙亦宜舒。
池阁轻风里，园林晚景余。人生有此乐，何必较锱铢。

高竹数十尺，仍在高花上。柴门昼不开，青碧日相向。
非止身休逸，是亦心夷旷。能知闲之乐，自可敌卿相。

高竹逾冬青，四月方易叶。抽萌如止戈，解箨若脱甲。
修静信可爱，绕行不知匝。嗟哉凡草木，徒自费锄锸。

伊川击壤集卷之二

伊　川　邵　雍　尧夫

秋日饮郑州宋园示管城簿周正叔

二都相去四百里，中有名园属宋家。
古木参天罗剑戟，长藤垂地走龙蛇。
我来游日逢秋杪，君为开筵对晚花。
饮散竹轩微雨后，凌晨归路起栖鸦。

重阳日再到共城百源故居

故国逢佳节，登临但可悲。山川一梦外，风月十年期。
白发飘新鬓，黄花绕旧篱。乡人应笑我，画锦是男儿。

过　陕

（嘉祐三年）

吾祖道何光，二南分一方。开周为太保，对陕辅成王。
岁月装辽邈，山川造渺茫。世孙虽不肖，犹解忆甘棠。

题黄河

谁言为利多于害，我谓长浑未始清。
西至昆仑东至海，其间多少不平声。

过潼关

禁密因离乱，机闲为太平。山河虽设险，道德岂容争？
不究千一义，空传百二名。遐方久无外，何复用鸡鸣？

题华山

域中有五岳，国家谨时祀。华岳居其一，作镇雄西裔。
唐号金天王，今封顺圣帝。吁咈哉若神，僭窃同天地。

宿华清宫

天宝初六载，作宫于温泉。明皇与妃子，自此岁幸焉。
紫阁清风里，崇峦皓月前。奈何双石瓮，香溜尚涓涓。

登朝元阁

绣岭岌层峦，岧峣十九盘。微微经雨后，杳杳出云端。
往事金舆远，遗踪玉像残。至今临渭水，依旧见长安。

长安道路作

长安道上何沾巾？古时道行今时人。
不知寒暑与朝暮，车轮马迹常辚辚。
自是此土亦辛苦，雨作泥兮风为尘。
泥尘返复不知数，大雨大风无出门。

题留侯庙

灭项兴刘如覆手，绝秦昌汉若更棋。
卷舒天下坐筹日，锻炼心源辟谷时。
黄石公传皆是用，赤松子伴更何为？
如君才业求其比，今古相望不记谁。

题淮阴侯庙十首

一身作乱宜从戮，三族全夷似少恩。
汉道是时初杂霸，萧何王佐殆非尊。

据立大功非不智，复贪王爵似专愚。
造成四百年炎汉，才得安宁反受诛。

生身既得逢真主，立事何须作假王。
谁谓祸阶从此始，不宜回首怨高皇。

一时韩信为良犬，千古萧何作霸臣。
彼此并干名教罪，罪犹不逮谓斯人。

韩信事刘原不叛，萧何惑汉竟生疑。
当初若听蒯通语，高祖功名未可知。

虽则有才兼有智，存亡进退处非真。
五湖依旧烟波在，范蠡无人继后尘。

若非韩信难除项，不得萧何莫制韩。
天下须知无一手，苟非高祖用萧难。

汉家基定议功勋，异姓封王有五人。
不似淮阴最雄杰，敢教根固又生秦。

韩信恃功前虑寡，汉皇负德尚权安。
幽囚必欲擒来斩，固要加诸甚不难。

若履暴荣须暴辱，既经多喜必多忧。
功成能让封王印，世世长为列土侯。

凤州郡楼上书所见

杨柳垂青带，风动如飞盖。危楼思不穷，尽日闲相对。
鸟去林自空，云移山不碍。情随双燕还，意与孤鸿会。
晚角时断续，层崖递明晦。残阳挂疏红，远水生微濑。
塞目烟岑密，都城若天外。如何久客心，东望凭栏杀？

自凤州还至秦川驿寄守倅薛、姚二君

欢聚九十日，回首都如梦。明月与清江，东轩又难共。

谢西台张元伯雪中送诗

洛城雪片大如手，炉中无火樽无酒。
凌晨有人来打门，言送西台诗一首。

送猗氏张主簿

人间仕宦几千里，堂上亲闱别两重。

须念鹏飞从此始，方今路险善求容。

新正吟

（嘉祐五年）

遽瑗知非日，宣尼读易年。人情止于是，天意岂徒然？
立事情尤倦，思山兴益坚。谁能同此志？相伴老伊川。

春游五首

五岭梅花迎腊开，三川正月赏寒梅。
相去万里先一月，始知春色从南来。

何人妙曲传羌笛，尽日清香落酒杯。
料得天涯未归客，也应临此重徘徊。

洛城春色浩无涯，春色城东又复嘉。
风力缓摇千树柳，水光轻荡半川花。

烟晴翡翠飞平岸，日暖鸳鸯下浅沙。
不见君王西幸久，游人但感鬓空华。

二月方当烂漫时，翠华未幸春无依。
绿杨阴里寻芳遍，红杏香中带醉归。

数片落花蝴蝶趁，一竿斜日流莺啼。
清樽有酒慈亲乐，犹得阶前戏采衣。

人间佳节唯寒食，天下名园重洛阳。
金谷暖横宫殿碧，铜驼晴合绮罗光。

桥边杨柳细垂地，花外秋千半出墙。
白马蹄轻草如剪，烂游于此十年强。

三月牡丹方盛开，鼓声多处是亭台。
车中游女自笑语，楼下看人闲往来。

积翠波光摇帐幄，上阳花气扑樽罍。
西都风气所宜者，草木空妖谁复哀。

竹庭睡起

竹庭睡起闲隐几，悠悠夏日光景长。
莺方引雏教嫩舌，杏正垂实装轻黄。
雨滴幽梦时断续，风翻远思还飞扬。
小渠弄水绿阴密，回首又且数日强。

秋游六首

七月芙渠正烂开，东南园近日徘徊。
有时风向池心过，无限香从水面来。
罨画溪深方误入，洞庭湖晚未成回。
坐来一霎萧萧雨，又送新凉到酒杯。

先秋颢气已潜生，洛邑方知节候平。
庭院乍凉人共喜，园林经雨气尤清。
回舟伊水风微溜，缓辔天津月正明。
自有皋夔分圣念，好将诗酒乐升平。

八月光阴未甚凄，松亭竹榭尤为宜。

况当昼夜初停处，正是炎凉得所时。
明月入怀如有意，好风迎面似相知。
闲人歌咏自怡悦，不管朝廷不采诗。

家住南城水竹涯，乘秋行乐未尝亏。
轻寒气候我自爱，半醉光阴人莫知。
信马天街微雨后，凭栏僧阁晚晴时。
十年美景追寻遍，好向风前摘白髭。

九月风光虽已暮，中州景物未全衰。
眼观秋色千万里，手把黄花三两枝。
美酒易消闲岁月，青铜休照老容仪。
若言必使他人信，沥尽丹诚谁肯知？

霜天寥落思无穷，不奈楼高逼望中。
四面溪山徒满目，九秋宫殿自危空。
云横远峤千寻直，霞乱斜阳数缕红。
无限伤情言不到，共谁开口向西风？

秋日即事

鸟声乱昼林，为谁苦驱逼？虫声乱夜庭，为谁苦劳役？
嗟哉彼何短，一概无休息。借问此何长，两能忘语默。

商山道中作

十舍到商颜，虽遥不甚艰。东西溯洛水，表里看秦山。
身在烟霞外，心存人子间。庭闱况非远，自可指期还。

和商洛章子厚长官早梅（四首）

只应王母专轻巧，剪碎天边乱白云。
无限清香与清艳，樽前饫享尽输君。

梅覆春溪水绕山，梅花烂漫水潺湲。
南秦地暖开仍早，比至春初已数番。

群芳万品递相摧，若说高标独有梅。
会得东君无别意，为怜清淡使先开。

霜扶清格高高起，风驾寒香远远留。
太守多情客多感，金樽倒尽是良筹。

商山旅中作

残火昏灯夜正沉，默思前事拥寒衾。
霜天皎月虽千里，不抵伤时一寸心。

和商守宋郎中早梅

山南地似岭南温，腊月梅开已浃辰。
耻与百花争俗态，独殊群艳占先春。
角中飘去凄于骨，笛里吹来妙入神。
秀额妆残粘素粉，画梁歌暖起轻尘。
宰君惜艳献州牧，太守分香及野人。
手把数枝重叠嗅，忍教芳酒不濡唇。

和人放怀

为人虽未有前知，富贵功名岂力为？
涤荡襟怀须是酒，优游情思莫如诗。
况当水竹云山地，忍负风花雪月期。
男子雄图存用舍，不开眉笑待何时。

和商守登楼看雪

西楼赏雪眼偏明，次第身疑在水晶。
千片万片巧妆地，半舞半飞斜犯楹。
形如玉屑依还碎，体似杨花又更轻。
谁谓天下有羁客，一般对酒两般情。

和商守西楼雪霁

大雪初晴日半曛，高楼何惜上仍频。
数峰峭崒剑铓立，一水萦纡冰缕新。
昆岭移归都是玉，天河落后尽成银。
幽人自恨无佳句，景物从来不负人。

和商守雪残登楼

残雪已消冰已开，风光渐觉拥楼台。
旅人未遂日边去，春色又从天上来。
况是樽中常有酒，岂堪岭上却无梅？
若非太守金兰契，谁肯倾心重不才。

和商守雪霁对月

雪满群山霜满庭，光寒月碾一轮轻。
羁怀殊少向时乐，皓彩空多此夜明。
竹近帘栊饶碎影，风涵台榭有余清。
恨无好句酬佳景，徒自凄凉梦不成。

和商守雪霁登楼

百尺危楼小雪晴，晚来闲望逼人清。
山横暮霭高还下，水隔疏林淡复明。
天际落霞千万缕，风余残角两三声。
此时此景真堪画，只恐丹青笔未精。

旅中岁除

比到明年无数刻，且令芳酒更斟回。
星杓建丑晦将尽，岁箭射人春又来。
不用物情闲作梗，大都心绪已成灰。
浮名更在浮云外，瞬见光阴况复催。

和商守新岁

（嘉祐六年）

衰躯在旅逢新岁，因感平生鬓易凋。
饮罢襟怀还寂寞，欢余情绪却无聊。
望仙风月情偏好，抹绿帘栊夜正遥。
对此块然唯土木，降兹未始不魂销。

追和王常侍登郡楼望山

四贤当日此盘桓，千百年人尚厚颜。
天下有名难避世，胸中无物漫居山。
事观今古兴亡后，道在君臣进退间。
若蕴奇才必奇用，不然须负一生闲。

题四皓庙四首

强秦失御血横流，天下求君君不有。
正是英雄角逐时，未知鹿入何人手。

灞上真人既已翔，四人相顾都无语。
徐云天命自有归，不若追踪巢与许。

汉皇傲物终难屈，太子卑辞方肯出。
虽老犹能成大功，至今高义如星日。

田横入海犹能得，商至长安百里强。
能使四人成美节，始知高祖是真王。

谢商守宋郎中
寄到天柱山户帖仍依原韵（五首）

商於飞到一符新，遂已平生分外亲。
尤喜紫芝先入手，西南天柱与天邻。

初心本欲践臣邻，帝里司回斗柄春。
今日得居天柱下，不忧先有夜行人。

不将生杀奏严宸，却抱烟风学隐沦。
多谢使君虚右席，重延天柱一山人。

一簇烟岚锁乱云，孤高天柱好栖真。
从今便作西归计，免向人间更问津。

无成麋鹿久同群，占籍恩深荷使君。
万古千今名与姓，得随天柱数峰存。

寄商守宋郎中

初返洛城无限事，闲人体分似相违。
如今一向觉优逸，却类商颜啸傲时。

小圃睡起

门外似深山，天真信可还。轩裳奔走外，日月往来间。
有水园亭活，无风草木闲。春禽破幽梦，枝上语绵蛮。

游山三首

城邑久居心自倦，阛阓才出眼先明。
龙门看尽伊川景，女几听残洛水声。
太宰观余红日旭，天坛望罢白云生。
此身已许陪真侣，不为锱铢起重轻。

春尽登临正得宜，人情天气两融怡。
泛舟伊水风回夜，垂钓溪门月上时。
逸兴剧凭诗放肆，病躯唯仰酒扶持。
浮生日月无多子，忍向其间更敛眉。

乐则行之忧则违，大都知命是男儿。
至微功业人难必，尽好云山我自怡。
休惮烟岚虽远处，且乘筋力未衰时。
平生足外更何乐？富贵荣华过则悲。

二色桃

施朱施粉色俱好，倾园倾城艳不同。
疑是蕊宫双姊妹，一时俱肯嫁春风。

登山临水吟

山有乔峰水有涛，未能容屐岂容舠？
非无仁智斯为乐，少有登临不惮劳。
言味止知甘脍炙，语真谁是识琼瑶。
自惭不尽人才处，长恨今人论太高。

谢富丞相招出仕二首

相招多谢不相遗，将谓胸中有所施。
若进岂能禁吏意，既闲安用更名为①。
愿同巢许称臣日，甘老唐虞比屋时。
满眼清贤在朝列，病夫无以系安危。

欲遂终焉老闲计，未知天意果如何？
几重轩冕酬身贵，得似云山到眼多。
好景未尝无兴咏，壮心都已入消磨。
鹓鸿自有江湖乐，安用区区设网罗？

①原注：将命者云：如不欲仕，亦可奉致一闲名目。

答人语名教

开辟而来世教敷，其间雄者号真儒。
修身有道名先觉，何代无人在奥区？
焕若丹青经史义，明如日月圣人途。
鲰生涵泳虽云久，天下英才敢厚诬？

送王伯初学士赴北京机宜

丈夫志气盖棺定，自有雄图系重轻。
去路不能无感旧，到官争忍便忘情。
闲时语话贵精密，先事经营在太平。
谁谓御戎无上策？伐人谋处不须兵。

答人放言

经时不见意何如？重出新诗笑语初。
物理悟来添性淡，天心到后觉情疏。
已全孟乐君无限，未识蘧非我有余。
太率空名如所论，此身甘老在樵渔。

伊川击壤集卷之三

伊　川　邵　雍　尧夫

贺人致政

人情大率喜为官，达士何尝有所牵。
解印本非嫌薄禄，挂冠殊不为高年。
因通物性兴衰理，遂悟天心用舍权。
宜放襟怀在清景，吾乡况有好林泉。

放　　言

既得希夷乐，曾无宠辱惊。泥空终日着，齐物到头争。
忽忽闲拈笔，时时自写名。谁能苦真性？情外更生情。

初　　秋

夏去暑犹在，雨余凉始来。阶前已流水，天外尚惊雷。
曲几静中隐，衡门闲处开。壮心都已矣，何事更装怀？

偶　　书

堪笑又堪嗟，人生果若何？宜将万端事，都入一声歌。
世态逾翻掌，年光剧逝波。静中真气味，所得不胜多。

伤　足

灾由无妄得，为患固非深。乖己撮生理，贻亲忧虑心。
乍然艰步履，偶尔阻登临。逾月方能出，难忘乐正箴。

闲　行

园圃正萧然，行吟绕泽边。风惊初社后，叶坠未霜前。
衰草衬斜日，暮云扶远天。何当见真象？止可入无言。

晨　起

山高水复深，无计奈而今。地尽一时事，天开万古心。
轻烟笼晓阁，微雨散青林。此景虽平淡，人间何处寻？

月　夜

雨霁风自好，秋深天未寒。移床就阶下，看月出林端。
有酒欲共饮。无宾可同欢。他时遇良友，此景复求难。

盆　池

三五小圆荷，盆容水不多。虽非大薮泽，亦有小风波。
粗起江湖趣，殊无鸳鹭过。幽人兴难遏，时绕醉吟哦。

游山二首

洛川多好山，伊川多美竹。游既各有时，难频无倦目。
贪清非伤廉，渎幽不为辱。麋鹿不害人，心无害麋鹿。

二室多好峰，三山多好云。看之不知倦，和气潜生神。
一虑若动荡，万事从纷纭。人言无事贵，身为无事人。

龙门道中作

物理人情自可明，何尝戚戚向平生。
卷舒在我有成算，用舍随时无定名。
满目云山俱是乐，一毫荣辱不须惊。
侯门见说深如海，三十年来掉臂行。

名利吟

名利到头非乐事，风波终久少安流。
稍邻美誉无多取，才近清欢与剩求。
美誉既多须有患，清欢虽剩且无忧。
滔滔天下曾知否？覆辙相寻卒未休。

何事吟寄三城富相公

何事教人用意深，出尘些子索沉吟。
施为欲似千钧弩，磨砺当如百炼金。
钓水误持生杀柄，着棋闲动战争心。
一杯美酒聊康济，林下时时或自斟。

三十年吟

三十年间更一世，其间堪笑复堪愁。
天生天杀何尝尽，人是人非殊未休。
善偶鸳鸯头早白，能啼杜宇血先流。

须知却被才为害，及到无才又却忧。

游洛川初出厚载门

初出都门外，西南指洛陬。山川开远意，天地挂双眸。
村落桑榆晚，田家禾黍秋。民间有此乐，何必待封侯。

宿延秋庄

驱车入洛周，下马弄飞泉。乍有云山乐，殊无朝市喧。
非唯快心志，自可忘形言。借问尘中有，谁为得手先?

宿寿安西寺

好景信移人，直连毛骨清。为怜多胜概，尤喜近都城。
竹色交山色，松声乱水声。岂辞终日爱，解榻傍虚楹。

过永济桥二首

山背锦屏开，河临永济回。土田平似掌，桑柘大如槐。
斜日射虹去，低云将雨来。无涯负清景，长是愧非才。

一水一溪门，溪门云复屯。珍禽转乔木，幽鹿走荒榛。
两脚拖平地，稻畦扶远村。高城半颓缺，兴废事休论。

至福昌县作

清景几人爱？爱之当远寻。及临韩岳近，始见洛川深。
县在云山腹，民居水竹心。无机类闲物，愈觉少知音。

燕堂即事

川上数峰青，林间一水明。闲云无定体，幽鸟不知名。
游侣既非约，归期莫计程。锱铢人世事，休强作威狞。

上寺看南山

叠叠是峰峦，西连梁雍宽。与其行里看，不若坐中观。
包括经唐汉，并吞历晋韩。浮沉事难问，唯尔尚巑岏。

县尉廨宇莲池

县尉小斋前，水清池有莲。岂唯观菡萏？兼可听潺湲。
宛类江湖上，殊非尘土边。古人用心处，料得不徒然。

女几祠

西南有高山，山在杳冥间。神仙不可见，满目空云烟。
千年女儿祠，门临洛水边。但闻霓裳曲，世人犹或传。

故连昌宫

洛水来西南，昌水来西北。二水合流处，宫墙有遗壁。
行人徒想像，往事皆陈迹。空余女几山，正对三乡驿。

川上怀旧四首

去秋游洛源，今秋游洛川。川水虽无情，人心刚悄然。
目乱千万山，一山一重烟。山尽烟不尽，烟与天相连。

田夫忙治禾，水禽闲求鱼。二者皆苦物，动静何相殊？
事过见休戚，时来知卷舒。回顾此二物，易地不何如？

为今日之山，是昔日之原。为今日之原，是昔日之川。
山川尚如此，人事宜信然。幸免红尘中，随风浪着鞭。

地回川原阔，村孤烟水闲。雷轻龙过浦，云乱雨移山。
田者荷锄去，渔人背网还。伊予独沾湿，犹在道途间。

燕堂暑饮

燕堂通高明，檐依断崖嵚。凉风来松梢，清泉飞竹阴。
佳果间红绿，旨酒随浅深。却思阛阓间，郁蒸不可任。

燕堂闲坐

天网疏难漏，世网密莫能。我心久不动，一脱二网中。
高竹濑清泉，长松迎清风。又云：潇洒松间月，青冷竹外风。
此时逢此景，正与此心同。

立秋日川上作

富贵固难爱，贫寒易得愁。休将少时态，移作老年羞。
既有非常乐，须防不次忧。谁能保终始，长作国公侯。

辨熊耳

昔禹别九州，导洛自熊耳。熊耳自有两，未审孰为是。

东者近成周，西者隔丹水。书传称上洛，斯言得之矣。

登女儿

予看山多矣，未尝逢此奇。巨崖如格虎，险石若张旗。
云意闲舒卷，岩形屡改移。丹青难状处，四面尽如斯。

川上南望伊川

山留禹凿门，川阁尧水痕。古人不复见，古迹尚或存。
岁月易凋谢，善恶难湮沦。无作近名事，强邀世俗尊。

牧童

随行笠与蓑，未始散天和。暖戏荒城侧，寒偎古冢阿。
数声牛背笛，一曲陇头歌。应是无心问。朝廷事若何？

梦中吟

（三乡道中作）

梦中说梦犹能忆，梦觉梦中还又隔。
今日恩光空喜欢，当年意爱难寻觅。
水成流处岂无声，花到谢时安有色？
过此相逢陌路人，都如元来曾相识。

秋怀三十六首

七月夜初长，星斗争煌煌。庭除经小雨，枕簟生微凉。
照物无遁形，虚鉴自有光。照事无遁情，虚心自有常。

晴窗日初曛，幽庭雨乍洗。红兰静自披，绿竹闲相倚。
荣利若浮云，情怀淡如水。见非天外人，意从开外起。

明月生海心，凉风起天末。物象自呈露，襟怀骤披豁。
悟尽周孔道，解开仁义结。礼法本防奸，岂为吾曹设？

疏雨滴高梧，微风援弱柳。此景岁岁同，世人自白首。
俗虑易萦仍，尘襟难抖擞。浮生已梦中，其间强为有。

清湍文鸳鸯，寒潭绣鸂鶒。长天净如水，不废秋江碧。
男子一寸心，壮士万夫敌。菡萏香风中，扁舟会相忆。

昨日思沃浆，今日思去扇。岂止人戈矛，炎凉自交战。
利害生乎情，好尚存乎见。欲人为善人，必须自为善。

甘瓜青如蓝，红桃鲜若血。不忍以手拈，而况用齿啮。
其色已可爱，其味又更绝。食此无珍言，哀哉口与舌。

国命在乎民，民命在乎食。圣人虽复生，斯方固不易。
虚惠岂足尚？教人以姑息。虚名岂足高？教人以言饰。

周诗云娶妻，周易云归妹。七夕世欲情，乞巧儿女态。
日暮云雨过，人谓牛女会。云雨本无踪，牛女岂相配？

清风无人兼，自可入吾手。明月无人并，自可入吾牖。
中心既已平，外物何尝诱？余事岂足论，但恐樽无酒。

青焦叶披敷，碧芦枝偃亚。风雨萧萧天，更漏沉沉夜。
彼物固无嫌，此情又何讶？但念征路人，天涯尚留挂。

淡烟幕疏林，轻风袅寒雨。日暮人已归，群鸡犹啄黍。
此心固不动，此事极难处。一言以蔽之，尚恐费言语。

八月炎凉均，气味亦自好。临虚乔木低，远望行人小。
有迹事皆妄，无心物都了。何须更问辛，愿君自食蓼。

黄黍秋正熟，黄鸡秋正肥。此物剧易致，古人多重之。
可以迓宾友，可以奉亲闱。有褐能卒岁，此外何足为？

稻禾天所生，麴蘖人所制。酿之命为酒，饮之可成醉。
刚者使之柔，懦者使之毅。善移造物权，其功亦不细。

秋色日渐深，老心日益懒。倦即下阶行，闲来弄书卷。
广陌多风尘，见说难开眼。侯门已是深，帝阍又复远。

塞鸿犹未来，梁燕已辞去。云山千万重，相逢在何处？
岌嵲都城门，缭绕长亭路。风土败人衣，才新又成故。

断续蝉声外，稀疏雁下前。年光空去也。人事益萧然。
洗竹留新笋，翻书得旧编。谁知养心者，肯与世争权？

中秋光景好，中州烟水奇。天重初寒候，人便半醉时。
榻缘明月扫，襟待好风吹。一点胸中事，人间都不知。

良月满高楼，高楼仍中秋。午夜冷露下，千里寒光流。
何人将此鉴，拂拭新磨休。照破万古心，白尽万古头。

寒露缀衰草，凄风摇晚林。鸟声上复下，天气晴还阴。
节改一时事，人怀千古心。谁云子期死，举世无知音。

风柳散如梳，霜云淡如扫。高楼破危空，低烟袅寒草。
此际兴不尽，何以战秋老？止可将酒瓶，同向西风倒。

池荷日取败，篱菊日就荣。其于品汇间，自与节气争。
盛衰不同时，贤愚难并行。安得松桂心，四时长青青。

人老秋更老，山深水复深。高木已就脱，慧禽空好音。
筋骸非曩日，道德负初心。赖有余编在，时时尚可寻。

九月气乍萧，衰柳犹有蝉。霜外疏钟断，风余清籁传。
千山乱远月，一鹗摩高天。自非出世人，而敢危行言？

饱霜梨多红，久雨榴自罅。此果世称珍，厥味是可诧。
地有百物备，天无一言挂。我患尚有言，不得同造化。

唯南有美桔，唯北有美栗。厥包或颇同，厥味信不一。
天地岂无情，草木皆有实。物本不负人，人自负于物。

蛱蝶绕寒菊，蟋蟀鸣空阶。门前有犬卧，尽日无客来。
清波静中流，白云闲处堆。何以发天和，时饮酒一杯。

红叶战西风，黄花笑寒日。天道有消长，人事无固必。
静胜得遗味，梦去知余失。利害不相沿，是非然后出。

九日登高会，寻幽讲雅欢。俗风追故事，天气荐轻寒。
白酒连醅饮，黄花带露观。消沉浮世事，何足重酒澜？

山横暮霭中，鸟逝孤烟外。残菊忧霜摧，幽兰惧风败。
患难人不喜，富贵人所爱。我心自不有，富贵岂能卖？

水寒潭见心，木落山露骨。始信天无涯，万里不隔物。
脱衣挂扶桑，引手探月窟。不负仁义心，区区五十一。

草绿露沾衣，草衰风切肌。物情非作异，人意强生疑。
岐动杨朱泣，丝添墨子悲。知之何太晚，徒自泪淋漓。

万里晴天外，一片霜上月。长松挺青葱，群卉入消歇。
有齿日益衰，有发日益脱。获罪固已多，此公难屑屑。

草枯山川贫，木落天地瘦。土口风大行，云罅日微漏。
既往不复追，未来尚可救。余事不忍言，言之必成咎。

饮酒不甚多，数杯醺心颜。未醺不可止，既醺劝亦难。
谁云万物广，岂出天地关！谁云万事广，岂出人情间！

和陕令张师柔石柱村诗

君为陕县令，我实康公孙。始祖有遗烈，托君访其存。
大君有诗来，题云石柱村。石柱之始立，于古无所根。
就勒分陕铭，唯唐人之言。既历年所多，首尾无完文。
难以从考正，将焉求其源。我患读书寡，知识无过人。
经书史传外，不能破群昏。从长卿公羊，宜自陕而分。
从君陈毕命，宜成周而云。二者兼取之，于义似或尊。
分政东西郊，可以陕洛论。此说如近之，庶几缓纷纭。
甘棠之蔽芾，石柱之清新。当时之盛事，予不得而亲。
二南之正化，二公之清芬。千载之美谈，予可得而闻。
弃经而任传，儒者固不遵。作诗以明之，驰此庸报君。

伊川击壤集卷之四

伊　川　邵　雍　尧夫

天津新居成谢府尹王君贶尚书

（嘉祐七年）

嘉祐壬寅岁，新巢始孱功。仍分道德里，更近帝王宫。
槛仰端门峻，轩迎两观雄。窗虚响瀍涧，台迥璨伊嵩。
好景尤难得，昌辰岂易逢？无才济天下，有分乐年丰。
水竹腹心里，莺花渊薮中。老莱欢不已，静节叹何穷！
啸傲陪真侣，经营贺府公。丹诚徒自写，匪报厚恩隆。

新春吟

多病筋骸五十二，新春犹得共衔杯。
践形有说常希孟，乐内无功可比回。
燕去燕来徒自苦，花开花谢漫相催。
此心不为人休戚，二十年来已若灰。

有客吟

伊嵩有客欲无言，进退由来尽俟天。
好静未能忘水石，乐闲非为学神仙。
休嗟紫陌难为客，且喜清风不用钱。
枉尺直寻何必较，此心都大不求全。

小圃逢春

随分亭栏亦弄妍，不妨闲傍酒垆边。
夜檐静透花间月，昼户晴生竹外烟。
事到悟来全偶尔，天教闲去岂徒然？
壶中日月长多少，烂占风光十二年。

暮春吟

春来小圃弄群芳，谁居贫居富贵乡？
门外柳阴浮翠润，阶前花影溜红光。
梁间新燕未调舌，天末归鸿已着行。
自问心源何所有，答云疏懒味偏长。

惜芳菲

细算人间千万事，皆输花底共开颜。
芳菲大率一春内，烂漫都无丨日间。
亦恐忧愁为龃龉，更防风雨作艰难。
莫教此后成遗恨，把火樽前尚可攀。

答人见寄

鬓毛不患渐成霜，有托琴书子一双。
既乏长才康盛世，无如高枕卧南窗。
明知筋力难为强，犹说云山未树降。
多谢故人相爱甚，辙鱼幸免困西江。

弄 笔

行年五十二，老去复何忧？事贵照至底，话难言到头。
上有明天子，下有贤诸侯。饱食高眠外，自余无所求。

问人丐酒

百病筋骸一老身，白头今日愧因循。
虽无紫诏还朝速，却有青山入梦频。
风月满天谁是主？林泉遍地岂无人！
市沽酒味难醇美，长负襟怀一片春。

答 客

人间相识几无数，相识虽多未必知。
望我实多全为道，知予浅处却因诗。
升沉休问百年事，今古都归一局棋。
乘马须求似骐骥，奈何骐骥未来时。

悟人一言

百虑谋犹拙，一言迷自开。世间无大事，天下有雄才。
唯恐人难得，宁忧道未恢。忌心都去尽，何复病尘埃？

谢人惠笔

爱重寄文房，殷勤谢远将。兔毫刚且健，[illegible]管直而长。
静录新诗稿，闲抄旧药方。自余无所用，足以养锋芒。

书事吟

天地有常理，日月无遁行。饱食高眠外，率是皆虚名。
虽乏伊吕才，不失尧舜氓。何须身作相，然后为太平。

双头莲

汉室婵娟双姊妹，天台缥缈两神仙。
当时尽有风流过，谪向人间作瑞莲。

答人书意

仲尼言正性，子舆言践形。二者能自得，殆不为虚生。
所交若以道，所感若以诚。虽三军在前，而莫得之凌。

答人书言

无位立事难，逢时建功易。求全自有毁，举大须略细。
去恶虑伤恩，存恶忧害义。徒有仁者心，殊无仁者意。

答人书

卿相一岁俸，寒儒一生费。人爵固不同，天爵何尝匮。
不有霜与雪，安知松与桂。虽无官自高，岂无道自贵！

与人话旧

耳目所闻见，且言三十春。才更十次闰，已换一番人。
圯族绮纨故，朱门车马新。从来皆偶尔，何者谓功勋？

闲 吟

忽忽闲拈笔，时时乐性灵。何尝无对景，未始便忘情。
句会飘然得，诗因偶尔成。天机难状处，一点自分明。

闲坐吟

当年计过之，今日事难随。天命不我佑，云山聊自怡。
无何缘淡薄，遂得造希夷。却欲嗤真宰，劳劳应不知。

天津闲步

天子旧神州，葱葱气象浮。园林闲近水，殿阁远横秋。
浪雪暑犹在，桥虹晴不收。人间无事日，此地好淹留。

天津幽居

予家洛城里，况复在天津。日近先知晓，天低易得春。
时光优化国，景物厚幽人。自可辞轩冕，闲中老此身。

天津水声

洛水近吾庐，潺湲到枕虚。湍惊九秋后，波急五更初。
细为轻风背，毫因骤雨余。幽人有兹乐，何必待笙竽。

不 寝

闲坐更已深，就寝夜尚永。展转不成寐，却把前事省。
奠枕时昏昏，拥衾还耿耿。西窗明月中，数叶芭蕉影。

天宫小阁

夏日到天宫，凭栏望莫穷。古人用心远，天子建都雄。
楼观深云里，山川暮霭中。行人漫来往，此意有谁同。

听　琴

琴宜入夜听，别起一般清。才觉哀猿绝，还闻离凤鸣。
青山无限好，白发不须惊。会取坐忘意，方知太古情。

天津感事二十六首

云轻日淡天津暮，风急林疏洛水秋。
独步独吟人莫会，时时鸥鹭下汀洲。

宠辱事多今不见，兴亡时去止堪哀。
请观今日长安道，抵暮行人犹往来。

凤楼深处锁云烟，一锁云烟又百年。
痛惜汾阴西祀后，翠华辜负上阳天。

谁引长河贯洛城，銮舆东去此为轻。
洪涛不服天津束，日夜奔腾作怒声。

阳乌西去水东流，今古推移几度秋。
四面远山长敛黛，不知终日为谁愁。

忙忙负乘两河殊，往复由来出此途。
争似不才闲处坐，平时云水绕衣裾。

人言垂钓辨浮沉，辨著浮沉用意深。
吾耻不为知害性，等闲轻动望鱼心。

自古别都多隙地，参天乔木乱昏鸦。
荒垣坏堵人耕处，半是前朝卿相家。

凤凰楼观冷横秋，桥下长波入海流。
千百年来旧朝市，几番人向此经由。

轮蹄交错未尝停，去若相追来若争。
料得中心无别事，苟非干利即干名。

烟树尽归秋色里，人家常在水声中。
数行旅雁斜飞去，一簇楼台峭倚空。

绿水悠悠际碧天，平芜更与远山连。
白头老叟心无事，闲凭栏干看洛川。

去年桥上凭栏人，今岁桥边骑马身。
桥上桥边不知数，于今但记十三春。

堤边草色长芊芊，陌上行人自往还。
渌水欲净不得净，春风未放柳条闲。

水流任急境一作景常静，花落虽频意自闲。
不似世人忙里老，生平未始得开颜。

溪边闲坐眼慵开，波射长堤势欲摧。
多少水禽文彩好，几番飞去又飞来。

名利从来本任才，行人不用苦相猜。
壶中日月长多少，闲步天津看往来。

地势东南一概倾，水流何日得安平。
天津更在急流处，无限高深并此声。

三千里外名荒服，一百年来号太平。
争似洛川无事客，何须列土始为荣。

绕堤杨柳轻风里，隔水楼台细雨中。
酒放半醺重九后，此时情味更无穷。

著身静处观人事，放意闲中炼物情。
去尽风波存止水，世间何事不能平？

隋唐而下贵公卿，近世风波走利名。
借问天津桥下水，当时湍急作何声？

前朝无限贵公卿，后世徒能记姓名。
唯此天津桥下水，古今都作一般声。

云无一缕干明月，桥有千寻卧渌波。
料得人间无此景，中秋对月兴如何？

郏鄏城中同德友，凤凰楼下会中秋。
芳樽倒尽人归去，月色波光战未休。

了生始可言常事，知性方能议大猷。
只此长川无昼夜，为谁驱逼向东流。

诚明吟

孔子生知非假习，孟轲先觉亦须修。
诚明本属吾家事，自是今人好外求。

绳水吟

有水善平难善直，唯绳能直不能平。
如将绳水合为一，世上何忧事不明。

辛酸吟

辛酸既不为中味，商征如何是正音。
举世未能分曲直，使谁为主主心平。

言默吟

当默用言言是垢，当言任默默为尘。
当言当默都无任，尘垢何由得到身。

闲居述事六首

一点天真都不耗，千种人禄是难来。
太平自庆无他事，有酒时时三五杯。

竹雨侵人气自凉，南窗睡起望潇湘。
茅檐滴沥无休歇，却忆当初宿夜航。

初晴月向松间出，盛暑风从水面来。
已比他人多数倍，况能时复举樽罍。

堂上慈亲八十余，阶前儿女戏相呼。
旨甘取足随丰俭，此乐人间更有无。

清欢少有虚三日，剧饮未尝过五分。
相见心中无别事，不评兴废即论文。

花木四时分景致，经书千卷好生涯。
有人若问闲居处，道德坊中第一家。

天宫小阁纳凉

小阁凭虚看洛城，满川云物拱神京。
风从万岁山头至，多少烟岚并此清。

小阁于吾大有功，清凉冠绝洛城中。
自惭虚薄诚多幸，襟袖长涵万里风。

小阁清风岂易当，一般情味若羲皇。
洛阳有客不知姓，二十年来享此凉。

天宫幽居即事

人苦天津远，来须特特来。闲余知道泰，静久觉神开。
悟易观棋局，谈诗捻酒杯。世情千万状，都不与装怀。

游龙门

江天无少异，幽鸟下晴沙。洛去山形断，川回渡回斜。
龛岩千万穴，店舍两三家。清景四时好，都城况不赊。

重游洛川

买石尚饶云，买山当从水。云可致无心，水能为鉴止。
性以无心明，情由鉴止已。二者不可失，出彼而入此。

川上观鱼

天气冷涵秋，川长鱼正游。虽知能避网，犹恐误吞钩。
已绝登门望，曾无点额忧。因思濠上乐，旷达是庄周。

伊川击壤集卷之五

伊　川　邵　雍　尧夫

后园即事三首

（嘉祐八年）

太平身老复何忧，景爱家园自在游。
几树绿杨阴乍合，数声幽鸟语方休。
竹侵旧径高低迸，水满春渠左右流。
借问主人何似乐？答云殊不异封侯。

天养疏慵自有方，洛城分得水云乡。
不闻世上风波险，但见壶中日月长。
一局闲棋留野客，数杯醇酒面修篁。
物情悟了都无事，未学颜渊已坐忘。

年来得疾号诗狂，每度诗狂必命觞。
乐道襟怀忘检束，任真言语省思量。
宾朋款密过从久，云水优闲兴味长。
始信渊明深意在，北窗当日比羲皇。

观棋长吟

院静春深昼掩扉，竹间闲看客争棋。
搜罗神鬼聚胸臆，措致山河入范围。
局合龙蛇成阵斗，劫残鸿雁破行飞。
杀多项羽坑秦卒，败剧苻坚畏晋师。

座上戈铤尝击搏，面前水炭旋更移。
死生共抵两家事，胜负都由一着时。
当路断无相假借，对人须且强推辞。
腹心受害诚堪惧，唇齿生忧尚可医。
善用中伤为得策，阴行狡狯谓知机。
请观今日长安道，易地何尝不有之。

秋日登崇德阁二首

无限高贤抑壮图，登临不用起长吁。
山川千古战争后，冠剑百年零落余。
浪把功名为己任，哪知富贵岂人谟。
丹青曲尽世间妙，写得凭栏意思无。

一百年来号太平，当初仍患不丁宁。
京都尚有汉唐气，宫阙犹虚霸王形。
烟外乱峰才隐约，霜余红树半凋零。
樽中有酒难成醉，旋被西风吹又醒。

秋日饮后晚归

水竹园林秋更好，忍把芳樽容易倒。
重阳已过菊方开，情多不学年光老。
阴云不动杨柳低，风递轻寒生暮草。
无涯逸兴不可收，马蹄慢踏天街草。

寄陕守祖择之舍人

记得相逢否？当时在海东。别离千里外，倏忽十年中。
迹异名尤异，心同齿更同，终期再清会，交酒乐无穷。

哭张元伯职方

近年老辈频凋落，使我中心又恻然。
洛社挂冠高卧者，唯君清澈如神仙。
昔日与君论少长，今日与君争后先。
把酒酹君君必知，为君洒泪西风前。

哭张师柔长官

生平志在立功名，谁谓才难与命争！
绝笔有诗形雅意，盖棺无地尽交情。
胸中时事何由展，天下人才不复评。
魂若有知宜自慰，子孙大可振家声。

和登封裴寺丞翰见寄

（治平三年）

陋巷箪瓢世所传，予何人斯耻萧然。
既知富贵须由命，难把升沉更问天。
静默有功成野性，骞骧无路学时贤。
纷华出入金门者，应笑溪翁治石田。

代书寄友人

当年有志高天下，尝读前书笑谢安。
岂谓此身甘老朽，尚无闲地可盘桓。
棋逢敌手才堪着，琴少知音不愿弹。
非止不才能退默，古贤长恨得时难。

访姚辅周郎中月陂西园

相忆不可遏，西街来访时。交横过沟水，隙曲绕蔬畦。
树偃低头避，筇高换手持。朋游相得甚，何乐更如之。

依韵谢登封刘、李、裴三君见约游山

诸公见约往嵩前，重走新诗各一篇。
摆落尘埃非敢后，访寻云水奈输先。
三阳宫近丛幽石，万岁峰高幂紫烟。
多少胜游俱未到，愿陪仙躅共攀缘。

登嵩顶

九州环绕峙棋枰，万岁嵩高看太平。
四海有人能统御，中原何复有交争。
长忧眼见奸雄辈，且愿身为尧舜氓。
五十三年芜没事，如今方喜看春耕。

登封县宇观少室

天地始融结，此山已高极。群峰拥旌幢，巨石罗剑戟。
日出崖先红，雨余岚更碧。安知无神仙，其间久遁迹。

山中寄登封令

初离县日谋经宿，既到山中未忍回。
公宇若无民事决，愿携茶器上山来。

归洛寄郑州祖择之龙图

恩深骨髓谓慈亲，义重邱山是故人。
归过嵩阳旧游地，白云收得薜萝身。

和祖龙图见寄

吾家职分是云山，不见云山不解颜。
游兴亦难拘日阻，梦魂都不到人间。
烟岚欲极无涯乐，轩冕何尝有暂闲。
洛社交朋屡相约，几时曾得略跻攀。

缘饰吟

缘饰了时称好手，作为成处是真家。
须防冷眼人观觑，傀儡都无帐幕遮。

自况三首

名利场中难着脚，林泉路上早回头。
不然半百残躯体，正被风波汩未休。

满天风月为官守，遍地云山是事权。
唯我敢开无意口，对人高道不妨言。

每恨性昏闻道晚，长惭智短适时难。
人生三万六千日，二万日来身却闲。

偶书

纷纷议论出多门，安得真儒号缙绅。
名教一宗长有主，中原万里岂无人。
皇王帝霸时虽异，礼乐诗书道自新。
观古事多今可见，不知何者谓经纶？

代书寄商洛令陈成伯

此去暂期犹半岁，商山穷僻少医名。
感伤多后风防滞，暑湿偏时疾易生。
圣智不能无蹇剥，贤才方善处衰荣。
斯言至浅理非浅，少补英豪一二明。

治平丁未仲秋，游伊、洛二川，六日晚出洛城西门，宿奉亲僧舍，听张道人弹琴

向晚驱车出上阳，初程便宿水云乡。
更闻数弄神仙曲，始信壶中日月长。

七月溯洛夜宿延秋庄上

八月延秋禾熟天，农家富贵在丰年。
一箪鸡黍一瓢酒，谁羡王公十万钱！

八日渡洛，登南山观喷玉泉，会寿安县张、赵、尹三君同游

渡洛南观喷玉泉，千峰万峰遥相连。
中间一道长如雪，飞入寒潭不记年。

九日登寿安县锦屏山下宿邑中

烟岚一簇特崔嵬，到此令人心自灰。
上有神仙不知姓，洞门闲倚白云开。

并辔西游叠石溪[①]，断崖环合与云齐。
飞泉亦有留人意，肯负他年尚此栖。

①原注：叠石溪在县南五六里。

十日西过永济桥[①]

十日西行过永济，时时细雨湿衫衣。
多情会得山神意，犹恐行人失翠微。

①原注：唐桥名。

过宜阳城二首

六国区区共事秦，疲于奔命尚难亲。
如何杀尽半天下，岂是关东没一人？

当日宜阳号别都，奈何韩国特区区。
子房不得宣遗恨，搏浪沙中中副车。

十一日福昌县会雨

云势移峰缓，泉声出竹迟。此时无限意，唯有翠禽知。

依韵和寿安尹尉有寄

不向红尘浪着鞭，殊无才业合时贤。
本酬壮志都无效，欲住青山却有缘。
翠竹阴中开缥帙，白云堆里挹飞泉。
锦屏正与溪南对，他日从游字字传。

十二日同福昌令王赞善游龙潭

（潭在南宁县十五里）

一潭泠浸崖根黑，数峰高入云衢碧。
游人屏气不敢言，长恐雷霆奋于侧。

水边静坐天将暮，犹自盘桓未成去。
马上回头更一观，云烟已隔无重数。

十三日游上寺[①]及黄涧[②]

能休尘境为真境，未了僧家是俗家。
不向此中寻洞府，更于何处觅藏花？

①原注：在县北。②原注：在县西。

堪嗟五霸争周烬，可笑三分拾汉余。
何似不才闲处坐，平时云水绕衣裾。

十四日留题福昌县宇之东轩

洛川秋入景尤佳，微雨初过径路斜。
水竹洞中藏县宇，烟岚坞里住人家。
霜余红间千重叶，天外晴排数缕霞。
溪浅溪深清潋滟，峰高峰下碧查牙。
鸟因择木飞还远，云为无心去更赊。
盖世功名多龃龉，出群才业足咨嗟。
浮生日月仍须惜，半老筋骸莫强夸。
就此岩边宜筑室，乐吾真乐乐无涯。

十五日别福昌因有所感

连昌宫废昌河在，事去时移语浪传。
下有荒祠难问处，古槐枝秃竹参天。

是夕宿至锦屏山下

寻常看月亦婵娟，不似今宵特地圆。
疑是素娥纾宿憾，相逢为在锦屏前。

十六日依韵酬福昌令有寄

道义相欢岂易亲，古称难处是知人。
文章不结市朝士，荣辱非关云水身。
话入精详皆物理，言无形迹尽天真。
他时洛社过从辈，图牒中添又一邻。

十七日锦屏山下
谢城中张孙二君惠茶

山似挼蓝波似染，游心一向难拘检。
仍携二友所分茶，每到烟岚深处点。

寿安县晚望

休叹浮生荣与辱，且听终日水潺潺。
遥穿暝霭孤鸿去，横截野烟双鹭还。
佳树[1]排青岩下圃，好峰环翠县前山。
报言名利差轻者，少辍光阴到此间。

①原注：一作“老木”。

十八日逾牵羊坂南达伊川坟上

三尺荒坟百尺山，生身慈爱在其间。
此情至死不能尽，日暮徘徊又且还。

思程氏父子兄弟因以寄之（二首）

年年时节近中秋，佳水佳山漫烂游。
此际归期为君促，伊川不得久迟留。

气候如当日，山川似旧时。独来还独往，此意有谁知！

十九日归洛城路游龙门（二首）

伊川往复过龙山，每过龙山意且闲。
莫道移人不由境，可堪深着利名闲。

无烦物象弄精神，世态何尝不喜新。
唯有前墀好风月，清光依旧属闲人。

留题龙门（二首）

融结成来不记秋，断崖苍壁锁烟愁。
中分洪造夏王力，横截大山伊水流。
八节滩声长在耳，一川风景尽归楼。
行人莫动凭栏兴，无限英雄浪白头。

谁将长剑斩长蛟，斩断长蛟剑复韬。
爪尾蜿蜒凝华岳，角牙狞恶结嵩高。
骨伤两处崭苍壁，血出东流汹巨涛。
此物犹难保身首，谓言谗口莫嗷嗷。

龙门石楼看伊川

数朝从款走烟霞，纵意凭栏看物华。
百尺楼台通鸟道，一川烟水属僧家。
直须心逸方为乐，始信官荣未足夸。
此景得游无事日，也宜知幸福无涯。

十二日到城中见交旧

年年此际走烟岚，人亦何尝谓我贪。
归见交亲话清胜，且无防患在三缄。

二十二日晚步天津次日有诗

溪翁昨晚步天津，步到天津伫立频。
洛水只闻煎去掉，西风唯解促行人。
山川惨淡笼寒雨，楼观参差锁暮云。
此景分明谁会得？欲霜时候雁来宾。

二十五日依韵和左藏吴传正寺丞见赠

上阳光景好看书，非象之中有坦途。
良月引归芳草渡，快风飞过洞庭湖。
不因赤水时时往，焉有黄芽日日娱！
莫道天津便无事，也须闲处着功夫[①]。

①原注：来诗云："从此天津南畔景，不教都属邵尧夫。"故有是句。

二十九日依韵和洛阳陆刚叔主簿见赠

一霎萧萧晚雨余，凤凰楼下偶驱车。
郄诜片玉知能忆，乐广青天幸未疏。
相阔夏秋闻甚事，可亲灯火读何书。
恨无束帛嘉程子，徒自悄悄返敝庐。

伊川击壤集卷之六

伊　川　邵　雍　尧夫

代书寄剑州普安令周士彦屯田（二首）

作官休用叹奚为，未有升高不自卑。
君子屈伸方为道，吾儒进退贵从宜。
即今彭泽归何地，他日东门去未迟。
痛恨伊嵩景无限，一名佳处重求贤。

二蜀至三吴，中间万里余。去年方北望，今岁复西驱。
剑阁离天日，秦川限帝都。临风相忆处，能饮一杯无。

又一绝

正当老辈过从日，况值高秋摇落天。
一把黄花一樽酒，故人西去又经年。

和赵充道秘丞见赠

人言人事危冠冕，吾爱吾庐远市朝。
野面不堪趋魏阙，闲身唯称访杨寥。
殊无纪律诗千首，富有云山酒一瓢。
预借轩车又东去，自兹风月恐难招。

和王不疑郎中见赠

二十年来住洛都，眼前人事任纷如。
形同草木何胜野，心类钟彝不啻虚。
已沐仁风深骨髓，更惊诗思剧琼琚。
庄周休道亏名实，自是无才悦众狙。

和魏教授见赠

清世文章日月悬，无才唯幸乐丰年。
游山太室更少室，看水伊川又洛川。
古有孟轲难语觉，时无颜子易为贤。
读书每到天根处，长惧诸公问极玄。

和吴冲卿省副见赠

非有非无是祖乡，都来相去一毫芒。
人人可到我未到，物物不妨谁与妨？
失即肝脾为楚越，得之藜藿是膏粱。
一言千古难知处，妙用仍须看吕梁。

和孙传师秘校见赠

天津南畔是吾庐，时荷夫君枉乘车。
始为退来忘检束，却因闲久长空疏。
与其功业遗青史，孰若云山负素书。
一片丹诚最难状，庶几长得类舟虚。

依韵和陈成伯著作长寿雪会

琼苑群花一夜新，瑶台十二玉为尘。
城中竹叶涌增价，坐上杨花盛学春。
时会梁园皆墨客，谁思姑射有神人。
余粮岂止千仓望，盈尺仍宜莫厌频。

依韵和陈成伯著作史馆园会上作

竹绕长松松绕亭，令人到此骨毛清。
梅梢带雪微微拆，水脉连冰湝湝鸣。
残腊岁华无奈感，半醺襟韵不胜情。
谁怜相国名空在，吾道如何必可行。

和夔峡张宪白帝城怀古

不愤曹公跨许昌，苟非梁益莫争王。
三分区宇风雷恶，横截西南气势强。
行客往来闲指点，史官褒贬浪文章。
后人未识兴亡意，请看江心旧战场。

闲适吟（五首）

（熙宁元年）

为士幸而居盛世，住家况复在中都。
虚名浮利非我有，绿水青山何处无？
选胜直宜寻美景，命俦须是择吾徒。
乐闲本属闲人事，又与偷闲事更殊。

六尺眼前安乐身，四时争忍负佳辰。

温凉气候二八月，道义宾朋三五人。
量力杯盘随草具，开怀语笑任天真。
劝君似此清闲事，虽老何须更厌频？

莫将真气助忧伤，愤死英豪世更长。
陌上虽多马跳跃，天边亦有凤翱翔。
三千宾客磨圭角，百二山河拥剑芒。
等是一场春梦过，自余恶足自悲凉。

南窗睡起望春山，山在霏微烟霭间。
千里难逃两眼净，百年未见一人闲。
情如落絮无高下，心似游丝自往还。
又恐幽禽知此意，故来枝上语绵蛮。

谁将造化属东风，一属东风事莫穷。
残腊也宜先作策，新正其那便要功。
柳梢借暖浑摇软，梅萼偷春半露红。
安得向时情意在，轻衫撩乱少年中。

桃李吟

桃李因风花满枝，因风桃李却离披。
惨舒相继不离手，忧喜两般都在眉。
泰到盛时须入蛊，否当极处却成随。
今人休爱古人好，只为今人生较迟。

伤心行

不知何铁打成针，一打成针只刺心。
料得人心不过寸，刺时须刺十分深。

伤二舍弟无疾而化

手足深情不可忘，割心犹未比其伤。
急难畴昔尔相济，终鲜如今我遂当。
韡韡棣开无并萼，邕邕雁去破初行。
自兹明月清风夜，萧索东篱看断肠[①]。
肠断东篱何所寻？东篱从此事沉沉。
并肩行处皆成往，吊影伤时无似今。
清泪已干情莫极，黄泉未到恨非深。
不知何日能销尽，三十二年雍睦心。

①原注：二弟殡东篱下后，得渠《重九》诗云："衣如当月白，花似昔年黄。拟问东篱事，东篱事渺茫。"语奚谶。

又一首

兄既名雍弟名睦，弟兄雍睦情何足。
居常出入留一人，奉亲教子如其欲。
慈父享年七十九，四人稚子常相逐。
其间同戏采衣时，堂上愉愉欢可掬。
慈父前生忽倾逝，尔弟今年命还促。
独予奉母引四子，日对几筵相向哭。
不知肠有几千尺，不知泪有几千斛。
断尽滴尽无奈何，向日恩光焉可赎。

又一绝

手足恩情重，埙篪欢乐长。要知能忘处，坟草两荒凉。

听杜鹃思亡弟

尝忆去年初夏时，与尔同听杜鹃啼。
杜鹃今年又复至，还是去年初夏时。
禽鸟亦知人意切，一声未绝一声悲。
肠随此声既已断，魂逐此禽何处飞？

书亡弟殡所

后乎吾来，先乎吾往；当往之初，殊不相让。

南园南晚步思亡弟

南园之南草如茵，迎风晚步清无尘。
不得与尔同欢欣，又疑天上有几云。
一片世间来作人，飘来飘去殊无因。

自　悯

天无私覆古今同，手足情多骤一空。
五七年来并家难，六十岁许更头风。
常情不免顺世俗，私计固难专仆童。
安得仙人旧槎在，伊川云水乐无穷。

戊申自贻

虽老仍思鼓缶歌，庶几都未丧天和。
明夷用晦止于是，无妄生灾终奈何。

似箭光阴头上去，如麻人事眼前过。
中间若不自为计，所损其来又更多。

代书寄北海幕赵充道太博

（熙宁二年）

自从终鲜罢吟哦，聊为临风一浩歌。
别易会难情不已，登高望远兴如何？
百年可惜时无再，千里相思事更多。
今日樽罍真北海，况君雅量几人过。

依韵和王不疑少卿见赠

不把忧愁累物华，光阴过眼疾如车。
以平为乐忝知分，待足求安恐未涯。
食罢有时寻蕙圃，睡余无事访僧家。
天津风月胜他处，长是思君共煮茶。

仁者吟

仁者难逢思有常，平居慎勿恃无伤。
争先径路机关恶，近后语言滋味长。
爽口物多须作疾，快心事过必为殃。
与其病后能求药，不若病前能自防。

东轩消梅初开劝客酒二首

为爱消梅胜早梅，数枝先发日徘徊。
若教岭表腊前尽，安有洛阳正后开。
香逐暖风初出谷，艳随芳酒正浮醅。

佳宾会取东君意，莫负乘春此际来。

春色融融满洛城，莫辞行乐慰平生。
深思闲友开眉笑，重惜梅花照眼明。
况是山翁差好事，可怜芳酒最多情。
此时不向樽前醉，更向何时醉太平！

清风长吟

宇宙中和气，清冷无比方。与时蠲疾病，为岁造丰穰。
起自青苹末，来从翠树傍。得逢明月夜，便入故人乡。
密叶摇重幄，般花舞靓妆。两三声回笛，千万缕垂杨。
细度丝桐韵，深传兰蕙香。楼台临远水，轩槛近修篁。
盛夏驱烦暑，初晴送晚凉。轻披绿荷芰，缓透薄衣裳。
浪走翻翩袂，波生潋滟觞。闲愁难著莫，幽思易飞扬。
快若乘天马，醒如沃蔗浆。面前游阆苑，坐上泛潇湘。
不可将钱买，焉能用斗量。依凭全藉德，收贮岂须仓。
无患兼并取，宁忧寇盗攘。以兹为乐事，未始有忧伤。

垂柳长吟

垂柳有两种，有长有短垂。唯兹长一种，偏与静相宜。
院宇深春后，亭台晚景时。不胜烟幂幂，无奈日迟迟。
霡霂雨初过，清冷风乍吹。章台街左右，华表柱东西。
起眼出墙树，拂头当路枝。翩翻绿罗带，缥缈缕金衣。
荡飏飘晴絮，缤纷舞暖丝。丝牵寸肠断，絮入万家飞。
婀娜王恭韵，婆娑赵后姿。修妍张绪少，柔软沈侯羸。
濯濯青拖地，毵毵翠绕池。般添花灼灼，引惹草萋萋。
郁郁笼山馆，疏疏映酒旗。赠人人自泣，驻马马还嘶。
影里咿哑去，阴中轧辘归。凄凉装暝霭，淡薄挂斜晖。

懊恼轻攀折，忧愁重别离。早衰缘傍道，先茂为临溪。
楼外蝉才噪，桥边莺又啼。生憎遮望眼，死恨学妆眉。
远客莫知数，长条曾系谁。经霜尽憔悴，来岁却依依。

落花长吟

以酒战花秾，花秾酒更浓。花能十日尽，酒未百壶空。
尚喜装衣袂，犹怜坠酒钟。多情唯粉蝶，薄幸是游蜂。
减却墙头艳，添为径畔红。飘零深院宇，点缀静帘笼。
又恐随流水，仍忧嫁远风。水流犹委曲，风远便西东。
狼籍残春后，离披晚照中。亭台虽有主，轩骑断无踪。
剑去拥妃子，兵来围石崇。马嵬方恋恋，金谷正匆匆。
曹植辞休切，襄王梦已终。谬称寻洛浦，浪说数巫峰。
燕诉冤还在，莺传信莫通。苔钱如可买，柳线自能缝。
怅望尤真宰，凄凉殢化工。放教成烂漫，不使略从容。
命扫心争忍，言收计遂穷。异香销骨髓，绝色死英雄。
任诧回天力，饶矜盖世功。奈何时既往，到了事难重。
开谢形相戾，兴衰理一同。天机之浅者，未始免忡忡。

芳草长吟

芳草更休生，芳樽更不倾。草如生不已，樽岂便能停。
雨后闲池阁，春深小院庭。是时帘半卷，此际酒初醒。
密密嫩方布，茸茸绿已成。送回残照淡，引起晓寒轻。
静衬花村薄，闲装竹坞清。溪边微水浸，原上未春耕。
莫遣春车碾，休教细马行。藉余无限意，望久不胜情。
台向眉初敛，楼危眼乍明。低低暮云碧，隐隐远山青。
翠接鸳鸯浦，萋连杨柳汀。江潭夜帆落，海渚晚舟横。
戍垒角一弄，牧童笛数声。沙头双鹭下，渡口乱鸿惊。
蓊郁出征地，芊绵奉使程。远披来往路，遍绕短长亭。

苒苒秦皇墓，离离汉帝城。荒凉故铜雀，破碎旧金陵。
雾锁前朝事，烟昏后世名。枯犹藏狡兔，腐亦化流萤。
纵划奚由尽，才烧又却荣。徒能蔽京观，仍愿且升平。

春水长吟

春在水自渌，春归渌遂休。清非不逮渌，春奈胜于秋。
渌向阳中得，清于冷上求。加于清一等，用是渌为优。
薄薄冰初泮，微微雨水收。渺弥新岛屿，潋滟旧汀洲。
荷芰低犹卷，菰蒲嫩已抽。苹繁虽渐出，藻荇未全稠。
日暖鸳鸯浴，烟晴翡翠游。波平跃双鲤，风静戏群鸥。
西蜀遨争举，东瓯禊竞修。武陵花再识，汉曲珮还投。
台下溶溶过，堤边漫漫流。槛前才泚泚，天外更悠悠。
泛滥情怀恶，潺湲意思幽。远山遮不断，别浦去难留。
二月溪桥畔，三吴野渡头。依前横两浆，特地送孤舟。
画手方停笔，骚人正倚楼。长江飞絮外，只是动离愁。

花月长吟

少年贪读两行书，人世乐事都如愚。
而今却欲释前憾，奈何意气难如初。
每逢花开与月圆，一般情态还何如。
当此之际无诗酒，情亦愿死不愿苏。
花逢皓月精神好，月见奇花光彩舒。
人与花月合为一，但觉此身游蕊珠。
又恐月为云阻隔，又恐花为风破除。
若无诗酒重收管，过此又却成轻辜。
可收幸有长诗篇，可管幸有清酒壶。
诗篇酒壶时一讲，长如花月相招呼。
有花无月愁花老，有月无花恨月孤。

月恨只凭诗告诉，花愁全仰酒支梧。
月恨花愁无一点，始知诗酒有功夫。
些儿林下闲疏散，做得风流罪过无。

同府尹李给事游上清宫

洛城二月春摇荡，桃李盛开如步障。
高花下花红相连，垂杨更出高花上。
闲陪大尹出都门，邙阜真宫共寻访。
不见翠华西幸时，临风尽日独惆怅。

乞笛竹栽于李少保宅

浪种闲花占地生，未尝容易暂留情。
奈何苦爱凌霜节，况是犹存镂管名。
待凤至时当有实，学龙吟处岂无声。
幽人愿乞数枝种，得自君家又更荣。

思山吟

看即青山与白云，寻思没量大功勋。
未知乐处缘何事，岂止饥时会茹荤。
千首拙诗难著怨，一樽芳醑别涵春。
壶中日月长多少？能老红尘几辈人！

只恐身闲心未闲，心闲何必住云山。
果然得手情性上，更肯埋头利害间。
动止未尝防忌讳，语言何复著机关。
不图为乐至于此，天马无踪自往还。

恨月吟

我侬非是惜黄金，自是嫦娥爱负心。
初未上时犹露滴，恰才圆处便天阴。
栏杆倚了还重倚，芳酒斟回又再斟。
安得深闺与收管？奈何前后误人深。

愁花吟

三千宫女衣宫袍，望幸心同各自娇。
初似绽时犹淡薄，半来开处特妖娆。
檀心未吐香先发，露粉既垂魂已销。
对此芳樽多少意，看看风雨骋粗豪。

观洛城花呈先生

（门人张峄）

平生自是爱花人，到处寻芳不遇真。
只道人间无正色，今朝安见洛阳春。

和张子望洛城观花

造化从来不负人，万般红紫见天真。
满城车马空撩乱，未必逢春便得春。

落花短吟

满园桃李正离披，更被狂风非意吹。
长是忧愁初谢处，却须思念未开时。

奈何红艳易消歇，不似青阴少改移。
九十日春都去尽，樽前安忍更颦眉。

芳草短吟

花间水畔绿如茵，兴废曾经汉与秦。
占了山川无限地，愁伤今古几何人。
严霜杀尽还逢雨，野火烧残又遇春。
不奈路傍多此物，农家长是费耕耘。

垂柳短吟

临溪拂水正依依，更被狂风来往吹。
薄暮不胜烟幂幂，深春无奈日迟迟。
谁家缥缈青罗帔，何处蹁跹金缕衣。
犹恐离人肠未断，满天仍著乱花飞。

春水短吟

雪消水泮渌盈沟，翡翠鸳鸯得志秋。
长恨远山遮不断，又疑别浦去难留。
绕堤杨柳轻轻拂，近岸新蒲细细抽。
满眼烟波杳无际，三吴特地送孤舟。

清风短吟

清风兴况未全衰，岂谓天心便弃遗！
长具斋庄缘读易，每惭疏散为吟诗。
人间好景皆输眼，世上闲愁不到眉。
生长太平无事日，又还身老太平时。

暮春寄李审言龙图

年年长是怕春深，每到春深病不任。
伤酒情怀因小会，养花天气为轻阴。
岁华易革向来事，节物难回老去心。
唯有前轩堪静坐，临风想望旧知音。

初夏闲吟

绿杨深处啭流莺，莺语犹能喜太平。
人享永年非不幸，天生珍物岂无情！
牡丹谢后紫樱熟，芍药开时斑笋生。
林下一般闲富贵，何尝更肯让公卿。

代书答开封府推官姚辅周郎中

世态其如与愿违，必须言进是无知。
遍将庶事闲思处，不若西街极论时。
设有奇才能动世，奈何双鬓已如丝。
天边新月从来细，不为人间爱画眉[1]。

①原注：来书云："愿先生自爱，恐不容久居林矣。"

伊川击壤集卷之七

伊　川　邵　雍　尧夫

代书奇濠倅张都官

多惭吾亦未知音，天乐虽闻不许寻。
惠子相时情自好，庄生游处意能深。
闲来略记一春事，老去难忘千里心。
洛社交朋每相见，为吾因掉白头吟。

诏三下答乡人不起之意

平生不作皱眉事，天下应无切齿人。
断送落花安用雨，装添旧物岂须春！
幸逢尧舜为真主，且放巢由作外臣。
六十病夫宜揣分，监司何用苦开陈！

和王安之少卿韵

却恐乡人未甚知，相知深后又何疑。
贫时与禄是可受，老后得官难更为。
自有林泉安素志，况无才业动丹墀。
荀扬若守吾儒分，免被韩文议小疵。

依韵和刘职方见赠

造物工夫意自深，从吾所乐是山林。

少因多病不干禄，老为无才难动心。
花月静时行水际，蕙风香处卧松阴。
闲窗一觉从容睡，愿当封侯与赐金。

莱石茶酒器寄邵先生作诗代书

益 柔

宝刀切石如春泥，雕剜成器青玻璃。
吾尝阅视得而有，惜不自用长提携。
前时过君铜驼陌，门巷深僻无轮蹄。
呼儿烹茶酌白酒，陶器自称藿与藜。
爱君居贫趣闲放，一语不涉青云梯。
嗟予都城走尘土，日远樽杓愁盐齑。
缄封不启置墙角，顿撼时作琼瑶嘶。
争如特寄邵高士，书帙几杖同幽栖。
荷锄剩治田间秽，抱瓮勤灌园蔬畦。
明年春酒或共酌，为我扫石临清溪。

代书谢王胜之学士寄莱石茶酒器

东山有石若琼玖，匠者追琢可盛酒。
君子得之惜不用，殷勤远寄林下叟。
林叟从来用瓦盏，惊惶不敢擎上手。
重诫儿童无损伤，缄藏复以待贤友。
未知贤友何时归，男子功名未成就。
朝廷先从忧者言，方今急务二敌首。
汉之六郡限辽西，唐之八州隔山后。
自余瓜沙甘与凉，中原久而不能有。
奈何更饵以金帛，重困吾民犹掣肘。

若非堂上出奇兵，安得阃外拉余朽！
直可逐去此曹辈，西出玉门北逾口。
城下狐狸既不存，路上豺狼自无走。
太阳烜赫耀天衢，氛妖接变匿尘垢。
功成不肯受上赏，印解黄金大于斗。
乞洛辞君出国门，归鞍暖拂天街柳。
千官如壁遮道留，仰面弄鞭不回首。
乡人夹路迎大尹，醉拥旌幢锦光溜。
下车拜墓还政余，不访公门访亲旧。
始知此器用有时，吾当为君献眉寿。

崇德阁下答诸公不语禅

浩浩长空走日轮，何烦苦苦辨根尘。
鹏程万里非由驾，鹤算三千别有春。
汞锡点金终属假，丹青画马要求真。
请观风急天寒夜，谁是当门定脚人？

天宫小阁倚栏

六尺残躯病复羸，况堪日日更添衰。
满怀可惜精明处，一语未能分付时。
沙里有金然索拣，石中韫玉奈何疑。
此情牢落西风暮，倚遍栏干人不知。

代书寄华山云台观武道士

太华中峰五千仞，下有大道人往还。
当时马上一回首，十载梦魂犹过关。
生平爱山山未足，由此看尽天下山。

求如华山是难得，使人消得一生闲。

代书寄长安幕张文通

无学又无谋，胸中一向虚。枯肠欢饮酒，病眼怕看书。
洛浦轻风里，天津小雨余。故人千里隔，相望意何如?

和人闻韩魏公出镇永兴过洛

佐命三朝为太宰，名垂千古号元功。
栽培桃李满天下，出入风涛半海中。
虎帐夜寒心益壮，凤池波暖位犹空。
君王鼎盛子仪在，万里河湟不足攻。

代书寄白波张景真辇运

秋入山河气象雄，不堪闲望老年中。
金兰契重思无限，手足情多感未终。
半局残棋销白昼，一簪华发乱西风。
唯君父子相知久，松桂心同色更同。

代书寄鄞江知县张太博

长忆当年扫敝庐，弟兄同受策名初。
一生不记寻常事，千里犹通咫尺书。
风月遥知四明好，江山况是九秋余。
片帆未得闲飞去，徒见岩君问起居。

先几吟

先几能识是吾侪，慎勿轻为世俗咳。
把似众中呈丑拙，争如静里且谈谐。
奇花万状皆输眼，明月一轮长入怀。
似此光阴岂虚过，也知快活作人来。

秋暮西轩

绕栏种菊一齐芳，户牖轩窗总是香。
得意不能无兴咏，乐时况复遇丰穰。
深秋景物随宜好，向老筋骸粗且康。
饮罢何妨更登眺，烂霞堆里有斜阳。

天津闲步

洛阳城里任西东，二十年来放尽慵。
故旧人多时款曲，京都国大体雍容。
池平有类江湖上，林静或如山谷中。
不必奇功盖天下，闲居之乐自无穷。

寄和长安张强二机宜

二公诗美过连城，欲报才非称正平。
本谓柏舟终不遇，却惊华衮重为荣。
岷峨雨后方知峭，风月霜余始见清。
前有古人称寡和，阳春白雪岂虚名！

代书答淮南宪张司封

缘木求鱼固不能，缘鱼求炙恐能行。
与其病后求良药，不若醉时辞大觥。
芝草无根休用种，蟠桃有实岂难生？
荷君见爱情非浅，一芥还同一芥荣。

偶得吟

集大成人不肯模，却行何异弃金车。
便言天下无难事，岂信人间有丈夫！
天意顺时为善计，人情安处是良图。
天人之际只此子，过此还同隔五湖。

代书寄友人

一别光阴二纪余，岁华如箭止堪吁。
东西契阔久经难，前后殷勤两得书。
故国山川皆梦寐，旧家人物半丘墟。
何时重讲当时事，笑对西风拆酒壶。

风吹木叶吟

（熙宁三年）

风吹木叶不吹根，慎勿将根苦自陈。
天子旧都闲好住，圣人余事冗休论。
长年国里神仙侣，安乐窝中富贵人。
万水千山行已遍，归来认得自有身。

闲行吟（三首）

长忆当年扫敝庐，未当三径草荒芜。
欲为天下屠龙手，肯读人间非圣书。
否泰悟来知进退，乾坤见了识亲疏。
自从会得环中意，闲气胸中一点无。

投吴走越觅青天，殊不知天在眼前。
开眼见时犹有病，举头寻处更无缘。
颜渊正在如愚日，孟子方当不动年。
安得功夫游宝肆，爱人珠贝重忧钱。

买卜稽疑是买疑，病深何药可能医。
梦中说梦重重妄，床上安床叠叠非。
列子御风徒有待，夸夫逐日岂无疲！
劳多未有收功处，踏尽人间闲路岐。

对花饮

人言物外有烟霞，物外烟霞岂足夸！
若用较量为乐事，但无忧挠是仙家。
百年光景留难住，十日芳菲去莫遮。
对酒有花非负酒，对花无酒是亏花。

春尽后园闲步

绿树成阴日，黄莺对语时。小渠初潋滟，新竹正参差。
倚杖闲吟久，携童引步迟。好风知我意，故故向人吹。

代书寄吴傅正寺丞

敦笃情怀世所稀，昔年今日事难追。
雪霜未始寒无甚，松桂何尝色暂移。
洛邑士人虽我信，天津风月只君知。
梦魂不悟东都远，依旧过从似旧时。

洛下园池

洛下园池不闭门，洞天休用别寻春。
纵游只却输闲客，遍入何尝问主人。
更小亭栏花自好，尽荒台榭景才真。
虚名误了无涯事，未必虚名总到身。

梦过城东谒洛阳尉杨应之

夜来清梦过城东，溪水分流径路通。
全似乘槎上天汉，但无严子验行踪。

代书寄前洛阳簿陆刚叔秘校

洛城官满振衣裾，尘土何由浼远途。
道在幸逢清日月，眼明应见旧江湖。
知行知止唯贤者，能屈能伸是丈夫。
归去何妨趁残水，三吴还似向时无。

答人乞碧芦

草有可嘉者，莫将萧艾俦。扶疏全类竹，苍翠特宜秋。

风雨声初入，江湖思莫收。无功济天下，藉此一淹留。

逍遥吟（四首）

吾道本来平，人多不肯行。得心无后味，失脚有深坑。
若未通天地，焉能了死生！向其问一事，须是自诚明。

人生忧不足，足外更何求？吾生虽未足，亦也却无忧。
天和将酒养，真乐用诗勾。不信年光会，催人早白头。

夜入安乐窝，晨兴饮太和。穷神知道泰，养素得天多。
日月任推荡，山川徒琢磨。欲求为此者，到了是谁何？

何事感人深，求之无处寻。两仪长在手，万化不关心。
石里时藏玉，砂中屡得金。分明难理会，须索入沉吟。

偶得吟

相去一毛间，千山复万山。虽能忘寝食，未肯去机关。
不是责人备，奈何开口难。天心况非远，既远遂无还。

每度过东邻

每度过东邻，东邻愈觉勤。既来长是愧，相见只如亲。
饮食皆随好，儿童亦自忻。吾乡有是乐，何必更求仁！

每度过东街

每度过东街，东街怨暮来。只知闲说话，那觉太开怀。
我有千般乐，人无一点猜。半醺欢喜酒，未晚未成回！

君子与人交

君子与人交，未始无警惕。小人与人交，未始无差忒。
只此真喜欢，也宜重爱惜。他年云水疏，亦恐难寻觅。

唯天有二气

唯天有二气，一阴而一阳。阴毒产蛇蝎，阳和生鸾凤。
安得蛇蝎死，不为人之殃。安得凤凰生，长为国之祥。

无客回天意（二首）

无客回天意，有人资盗粮。日中屡见斗，六月时降霜。
有书不暇读，有食不暇尝。食况不盈缶，书空堆满床。

恶死而好生，古今之常情。人心不生事，天下自无兵。
草木尚咸若，山川岂不宁！胡为无击壤，饮酒乐升平。

放小鱼

纤鳞不足留，此失一生休。放尔江湖去，宽渠鼎镬游。
更宜深避网，慎勿误吞钩。天下多庖者，无令落庶羞。

依韵和田大卿见赠

日日步家园，清风不著钱。城中得野景，竹下弄飞泉。
自愿无嗟若，何妨养浩然。却惭天下士，语道未忘筌。

乞笛竹

洛人好种花，唯我好种竹。所好虽不同，其心亦自足。
花止十日红，竹能经岁绿。俱沾雨露恩，独无霜雪辱。

依韵和王不疑少卿招饮

经难忆浮邱，吾乡足胜游。风前惊白发，雨后喜新秋。
仕宦情虽薄，登临兴未休。人间浪忧事，都不到心头。

再和王不疑少卿见赠

乍凉天气好，何处不堪游。鸿雁来宾日，鹰鹯得志秋。
忘形终夕乐，失脚一生休。多少江湖上，舟船未到头。

依韵和三王少卿同过敝庐①

洛中诗有社，马上句如神。白首交情重，黄花节物新。
见过心可荷，知愧道非淳。寂寞西风里，身闲半古人。

①原注：安之、不疑、中美。

代书寄南阳太守吕献可谏议

一别星霜二纪中，升沉音问不相通。
林间谈笑须归我，天下安危宜系公。
万乘几前尝蹇谔，百花洲上略从容。
不知月白风清夜，能忆伊川旧钓翁。

答尧夫见寄 诲

冥冥鸿羽在云天，邈阻风音已十年。
不谓圣皇求治理，尚容遗逸卧林泉。
羡君身散随时乐，顾我官闲饱昼眠。
应笑无成三黜后，病衰方始赋归田。

寄吴傅正寺丞

天津风月一何孤，似我经秋相忆无。
每仗晴波寄声去，不知曾得到东都。

寄前洛阳簿陆刚叔秘校

洛阳官满归吴会，男子雄图志未伸。
若到江山最佳处，举杯无惜望天津。

依韵和淮南宪张司封

庭梧叶半黄，篱菊初受霜。向晚意不快，把酒西南望。
望君不见君，但见鸿南翔。正欲思寄书，自成书数行。

重阳前一日作

近来多病不堪言，长欲醺醺带醉眠。
新酒乍逢重九日，好花初接小春天。
自知命薄临头上，不愿事多来眼前。
唯有天津横落照，水声仍是旧潺湲。

重九日登石阁三首

人情见了多，世态谙来久。事过忧噬脐，物伤防掣肘。
水浊更澄滤，衣尘须抖擞。必欲论主衡，何人为好手？

事出一时间，时过事莫还。当时深可爱，过后不堪看。
夏去休言暑，冬来始讲寒。人能知此理，忧患自难干。

今岁重阳日，凭栏气候迟。云烟虽已淡，林木未全衰。
天地开怀处，山川快眼时。栏干空倚遍，此意有谁知？

依韵答友人

百万貔貅动塞尘，朝廷委寄不轻人。
边疆生事虽然浅，国士尽忠须是纯。
陇上悲歌应愤惋，林间酣饮但酸辛。
欲陈一句好言语，只恐相知未甚真。

偶见吟（三首）

富贵多傲人，人情有时移。道德不傲人，人情久益归。
道德有常理，富贵无定期。蒿莱霜至委，松柏雪更滋。

世上多附炎，炎歇人自去。君子善处约，约久情自固。
炎歇势不回，情固人不去。路人或如亲，亲人却如路。

心迹贵相亲，相亲善恶分。世间须有物，天下岂无人！
既见薰犹臭，当思玉石焚。如何得时态，长似洛阳春。

无题吟

昔日不炼物，尝为物所误。今日不炼人，又为人所怒。
物误亦可辨，人怒难往诉。我对人称过，人亦为我恕。

无酒吟

自从新法行，尝苦樽无酒。每有宾朋至，尽日闲相守。
必欲丐于人，交亲自无有。必欲典衣买，焉能得长久！

读陶渊明《归去来》

归去来兮任我真，事虽成往意能新。
何尝不遇如斯世，其那难逢似此人。
近暮特嗟时翳翳，向荣还喜木欣欣。
可怜六百余年外，复有闲人继后尘。

伊川击壤集卷之八

伊　川　邵　雍　尧夫

访南园张氏昆仲因而留宿

中秋天气随宜好，来访南园会隐家[1]。
贪饮不知归去晚，水精宫里宿烟霞。

①原注：张氏园名。

和王安之少卿同游龙门（二首）

生平有癖好寻幽，一岁龙山四五游。
或往或还都不计，盖无荣利可稽留。

数朝从款看伊流，夜卜香山宿石楼。
会有凉风开远意，更和烟雨弄高秋。

归城中再用前韵

乘兴龙山访尽幽，恰如人在画图游。
恨无美酒酬佳景，正欲留时不得留。

又

初秋微雨造轻寒，倚遍东岑阁上栏。
不谓是时烟霭里，松斋人作画图看[1]。

①原注：松斋，安之弟所居，在水西。

和人留题张相公庵

做了三公更引年，人间福德合居先。
结茅未尽忘君处，正在嵩高万岁前。

代书寄程正叔

严亲出守剑门西，色养欢深世表仪。
唐相规模今历历，蜀民遨乐旧熙熙。
海棠洲畔停桡处，金雁桥边立马时。
料得预忧天下计，不忘君者更为谁？

岁暮自贻

当年志意欲横秋，今日思之重可羞。
事到强图皆屑屑，道非真得尽悠悠。
静中照物情难隐，老后看书味转优。
谈尘从容对宾客，荐章重叠误公侯。
已蒙贤杰开青眼，不顾妻孥怨白头。
谷口郑真焉敢望，寿陵余子若为谋。
鼎间龙虎忘看守，棋上山河废讲求。
一枕晴窗睡初觉，数声幽鸟语方休。
林泉好处将诗买，风月佳时用酒酬。
三百六旬如去箭，肯教襟抱落团愁。

欢喜吟（熙宁四年）

行年六十一，筋骸未甚老。已为两世人，便化岂为夭。
况且粗康强，又复无忧挠。如何不喜欢，佳辰自不少。

寄李景真太博

花前静塌闲眠处，竹下明窗独坐时。
著甚语言名字泰，林间自有翠禽知。

感事吟

蛇头蝎尾不相同，毒杀人多始是功。
风月四时无限好，莫将闲事挠胸中。

寄亳州秦伯镇兵部（六首）

三川地正得中阳，气入奇葩亦自王。
善识好花人不远，好花无吝十分芳。

人事纷纷积有年，何烦颦蹙向花前。
万般计较头须白，饶了胸中不坦然。

无限有情风月间，好将醇酒发酡颜。
奈何人自生疑阻，利害嫌轻更设关。

虽贫无害日高眠，人不堪忧我自便。
锻炼物情时得意，新诗还有百来篇。

天心复处是无心，心到无时无处寻。
若谓无心便无事，水中何故却生金?

酒涵花影满卮红，泻入天和胸臆中。
最爱一般情味好，半醺时与太初同。

别寄一首

许大秦皇定九州，九州才定却归刘。
它人莫谩夸精彩，徒自区区撰白头。

思故人

芳酒一樽虽甚满，故人千里奈思何？
柳拖池阁条偏细，花近檐楹香更多。

和王平甫教授赏花处惠茶韵

太学先生善识花，得花精处却因茶。
万红香里烹余后，分送天津第一家。

南园赏花（二首）

三月初三花正开，闲同亲旧上春台。
寻常不醉此时醉，更醉犹能举大杯。

花前把酒花前醉，醉把花枝仍自歌。
花见白头人莫笑，白头人见好花多。

独赏牡丹

赏花全易识花难，善识花人独倚栏。
雨露功中观造化，神仙品里定容颜。
寻常止可言时尚，奇绝方名出世间。
赋分也须知不浅，算来消得一生闲。

问　春（三首）

三月春归留不住，春归春意难分付。
凡言归者必归家，为问春家在何处。

春归必竟归何处，无限春冤都未诉。
欲托流莺问所因，子规又叫不如去。

春来愁去只因花，春去愁来翻殢酒。
长恨愁多酒力微，为春成病花知否？

安乐窝中自贻

物如善得终为美，事到巧图安有公？
不作风波于世上，自无水炭到胸中。
灾殃秋叶霜前坠，富贵春华雨后红。
造化分明人莫会，花荣消得几何功？

花前劝酒

春在对花饮，春归花亦残。对花不饮酒，欢意遂阑珊。
酒向花前饮，花宜醉后看。花前不饮酒，终负一年欢。

书《皇极经世》后

朴散人道立，法始乎羲皇。岁月易迁革，书传难考详。
二帝启禅让，三王正纪纲。五伯仗形胜，七国争强梁。
两汉骧龙凤，三分走虎狼。西晋擅风流，群凶来北荒。
东晋事清芬，传馨宋齐梁。逮陈不足算，江表成悲伤。

后魏乘晋弊，扫除几小康。迁洛示甚久，旋闻东西将。
北齐举爝火，后周弛星光。隋能一统之，驾福于巨唐。
五代如传舍，天下徒扰攘。不有真主出，何由奠中央！
一万里区宇，四千年兴亡。五百主肇位，七十国开疆。
或混同六合，或控制一方。或创业先后，或垂祚短长。
或奋于将坠，或夺于已昌。或灾兴无妄，或福会不祥。
或患生藩屏，或难起萧墙。或病由唇齿，或疾亟膏肓。
谈笑萌事端，酒食开战场。情欲之一发，利害之相戕。
剧力恣吞噬，无涯罹祸殃。山川才表里，丘城又荒凉。
荆棘除难尽，芝兰种未芳。龙蛇走平地，玉石碎昆岗。
善设称周孔，能齐是老庄。奈何言已病，安得意都忘！

履道会饮

众人之所乐，所乐唯嚣尘。吾友之所乐，所乐唯清芬。
清芬无鼓吹，直与太古邻。太古者靡陀，和气常缊缊。
里闬旧情好，有才复有文。过从一日乐，十月生阳春。
洛阳古神州，周公尝缕陈。四时寒暑正，四方道里均。
代不乏英俊，号为多缙绅。至于花与木，天下莫敢伦。
而逢此之景，而当此之辰。而能开口笑，而世有几人。
清衷贯金石，剧谈惊鬼神。天地为一指，富贵如浮云。
明时缓康济，白昼闲经纶。莫如陪欢伯，又复对此君。
商于六百里，黄金四万斤。不能买兹乐，自余恶足论。
接离倒戴时，蟾蜍生海垠。小车倒载时，山翁归天津。

思郑州陈知默因感其化去不得一识面

美物须绝代，异人须不世。
造化生得成，谅亦非容易。

旷世耳可闻，同时目能视。
陈子同时人，奈何闻诸耳。

谢城南张氏四弟兄冒雪载肴酒见过

久旱几逾冬，川守祈未得。
雁行聊镳来，佳雪遽盈尺。
酒面生红光，客心喜何极。
上夜离天津，天津陡岑寂。

大寒吟

旧雪未及消，新雪又拥户。
阶前冻银床，檐头冰钟乳。
清日无光辉，烈风正号怒。
人口各有舌，言语不能吐。

和李审言龙图大雪

万树琼花一夜开，都和天地色皑皑。
素娥腰细舞将彻，白玉堂深曲又催。
瓮牖书生方挟策，沙场甲士正衔枚。
幽人骨瘦欲清损，赖有时时酒一杯。

小车行

喜醉岂无千日酒，惜春还有四时花。
小车行处人欢喜，满洛城中都似家。

依韵和浙宪任度支

官路寻真已得真，可堪轻负洛城春。
江湖相望三千里，休使乡朋想望频。

和宋都官乞梅（熙宁五年）

小园虽有四般梅，不似江南迎腊开。
长恨东君少风韵，先时未肯放春来。

东轩黄红二梅正开坐上书呈友人

一年一度见双梅，能见双梅几度开。
人寿百年今六十，休论闲事且衔杯。

和任比部忆梅

痛忆梅开易得残，既残憔悴不堪看。
年年长被清香误，争似闲栽竹数竿。

初春吟

花木四时分景致，经书千卷号生涯。
有人若问闲居处，道德坊中第一家。

垂　柳

门前垂柳正依依，更被东风来往吹。

忘了自家今已老，却疑身是少年时。

至灵吟

至灵之谓人，至贵之谓君。明则有日月，幽则有鬼神。

人鬼吟

既不能事人，又焉能事鬼。人鬼虽不同，其理何尝异。

生平与人交

生平与人交，未始有甘坏。己亦无负人，人亦无我害。

知识吟

目见之谓识，耳闻之谓知。奈何知与识，天下亦常稀。

偶书吟

风林无静柯，风池无静波。林池既不静，禽鱼当如何？

思患吟

仆奴凌主人，所患及人国。自古知不平，无由能绝得。

寄三城王宣徽二首

林下居虽陋，花前饮却频。世间无事乐，都恐属闲人。

路上尘方坌，壶中花正开。何须头尽白，然后赋归来。

一室吟

一室可容身，四时长若春。何尝无美酒，未始绝佳宾。

仁圣吟

尽道之谓圣，如天之谓仁。如何仁与圣，天下莫敢伦。

恕将还河北留别先生

先生抱道隐墙东，心迹兼忘出处通。
圯下每惭知孺子，床前曾忆拜庞公。
已将目击存微妙，直把神交寄始终。
此日离违限南北，萧萧班马正依风。

和邢和叔学士见别

世路如何若大东，相逢不待语言通。
观君自比诸葛亮，顾我殊非黄石公。
讲道污隆无巨细，语时兴替有初终。
出人才业尤须惜，慎勿轻为西晋风。

击壤吟

人言别有洞中仙，洞里神仙恐妄传。
若俟灵丹须九转，必求朱顶更千年。
长年国里花千树，安乐窝中乐满悬。

有乐有花仍有酒，却疑身是洞中仙。

春去吟

好物足艰难，都来数日间。既为风搅挠，又被雨摧残。富贵醉初醒，神仙梦乍还。游人不知止，依旧倚朱栏。

南园花竹

花行竹迳紧相挨，每日须行四五回。
因把花行侵竹种，且图竹迳对花开。
花香远远随衣袂，竹影重重上酒杯。
谁道山翁少温润，这般红翠却长偎。

再答王宣徽

自有吾儒乐，人多不肯循。以禅为乐事，又起一重尘。

又

大达诚无碍，人人自有家。假花犹入念，何者谓真花？

苍苍吟
寄答曹州李审言龙图

一般颜色正苍苍，今古人曾望断肠。
日往月来无少异，阳舒阴惨不相妨。
迅雷震后山川裂，甘露零时草木香。
幽暗岩崖生鬼魅，清平郊野见鸾凰。
千花烂为三春雨，万木凋因一夜霜。

此意分明难理会，直须贤者入消详。

林下五吟

真工造化岂容私，拙者为谋亦甚微。
安乐窝深初起后，太和汤酽半醺时。
长年国里篮舁往，永熟乡中杖策归。
身似升平无一事，数茎髭白任风吹。

老年躯体索温存，安乐窝中别有春。
万事去心闲偃仰，四支由我任舒伸。
庭花盛处凉铺簟，檐雪飞时软布茵。
谁道山翁拙于用？也能康济自家身。

有物轻醇号太和，半醺中最得春多。
灵丹换骨还如否，白日升天似得么。
尽快意时仍起舞，到忘言处只讴歌。
宾朋莫怪无拘检，真乐攻心不奈何。

相招相劝饮流霞，鬓乱秋霜发乱华。
所记莫非前甲子，凡经多是老官家。
共夸今日重孙过，更说当时旧事呀。
言语丁宁有情味，后生无笑太周遮。

生来未始事田畴，无岁无时长有秋。
随分杯盘俱是乐，等闲池馆便成游。
风花雪月千金子，水竹云山万户侯。
欲俟河清人寿几，两眉能著几多愁？

安乐窝中自讼吟

不向红尘浪着鞭，唯求寡过尚无缘。
虚更蘧瑗知非日，谬历宣尼读易年。
发到白时难受彩，心归通后更何言！
至阳之气方为玉，犹恐钻磨未甚坚。

花庵诗二章拜呈尧夫　光[①]

自然天物胜人为，万叶无风碧四垂。
犹恨簪绅未离俗，荷衣蕙带始相宜。
洛阳四时常有花，雨晴颜色秋更好。
谁能相与共此乐？坐对年华不知老。

校者注　① 光：指司马光（1019－1086），字君实，号迂叟，陕州夏县涑水乡（今山西省夏县）人，世称涑水先生。北宋政治家、史学家、文学家，自称西晋安平献王司马孚之后代。宋仁宗宝元元年（1038 年），进士及第，累迁龙图阁直学士。宋神宗时，反对王安石变法，离开朝廷十五年，主持编纂了编年体通史《资治通鉴》。历仕仁宗、英宗、神宗、哲宗四朝，官至尚书左仆射兼门下侍郎。元祐元年（1086 年），去世，追赠太师、温国公，谥号文正。名列“元祐党人”，配享宋哲宗庙廷，图形昭勋阁；从祀于孔庙，称“先儒司马子”；从祀历代帝王庙。为人温良谦恭、刚正不阿，做事用功，刻苦勤奋，以“日力不足，继之以夜”自诩，堪称儒学教化下的典范。生平著作甚多，主要有《温国文正司马公文集》《稽古录》《涑水记闻》《潜虚》等。

和君实端明花庵二首

不用丹楹刻桷为，重重自有翠阴垂。
后人继取天真意，种莳增华非所宜。

庵后庵前尽植花，花开番次四时好。
主人事简常燕休，不信岁华能换老。

伊川击壤集卷之九

伊 川 邵 雍 尧夫

六十二吟

行年六十二康强，况复身居永熟乡。
道德生辰非易得，浅斟低唱又何妨。
无涯岁月难拘管，有限形骸莫毁伤。
多少英雄弄才智，大曾经过恶思量。

林下局事吟

闲人亦也有官守，官守一身四事有。
一事承晓露看花，一事迎晚风观柳。
一事对皓月吟诗，一事留佳宾饮酒。
从事于兹二十年，欲求同列谁能否！

依韵和吴傅正寺丞见寄

五十年来读旧书，世人应笑我迂疏。
因思偶女忘今古，遂悟轮人致疾徐。
道业未醇诚可病，生涯虽薄敢言虚。
时和受赐已多矣，安有胸中不晏如。

延福坊李太博乞园池诗

宣威十九次高牙，奕叶功臣旧将家。
清世辞荣归里第，白头行乐过年华。
杯盈香醑浮春水，曲度新声出靓花。
如此园池如此寿，儿孙满眼庆无涯。

金玉吟

良金美玉信难偕，好物其来最受埋。
盗跖免兵非积善，仲尼无土反成猜。
中孚既若须为信[①]，无妄因何却有灾？
莫若致之为外事，心源可乐是昭回。

①原注：一云“能成信”。

夏日南园

夏木无重数，森阴翠樾低。相呼百禽语，太半是黄鹂。

谢宁寺丞惠希夷樽

仙掌峰峦峭不收，希夷去后遂无俦。
能斟时事高抬手，善酌人情略拨头。
画虎不成心尚在，悲麟无应泪横流。
悟来不必多言语，赢得清闲第一筹。

花庵独坐呈尧夫先生　光

荒园才一亩，意足以为多。虽不居丘壑，尝如隐薜萝。
忘机林鸟下，极目塞鸿过。为问市朝客，红尘深几何？

和君实端明花庵独坐

静坐养天和，其来所得多。耽耽同厦宇，密密引藤萝。
忘去贵臣度，能容野客过。系时休戚重，终不道如何。

依韵和宋都官惠椶拂子

洛邑从来号别都，能容无状久安居。
众蚊多少成雷处，一拂何由议扫除。

同王胜之学士转运赏西园芍药

此物扬州素所闻，今于洛汭特称珍。
雅知国色善移物，更著天香暗结人。
欲殿群芳仍占夏，得专奇品不须春。
日斜立马将归去，再倚朱栏看一巡。

戏谢富相公惠班笋三首

名园不放过鸦飞，相国如今遂请时。
鼎食从来称富贵，更和花笋一兼之。

承将大笋来相诧，小圃其如都不生。

虽向性情曾着力，奈何今日未能平。

应物功夫出世间，岂容人可强跻攀。
我侬自是不知量，培塿须求比泰山。

答李希淳屯田

逢时虽出欲胡为，其那天资智识微。
弊性止堪同蠖屈，薄才安敢望鹏飞。
长因访旧欢无极，每为寻幽暮不归。
花爱半开承露看，奈何花上露沾衣。

苔　钱

一雨一番新，非关鼓铸频。纵多难赠客，便失不猜人。
遍地未为富，满阶那济贫。买愁须有为，酤酒断无因。
散处如筹计，重时似索陈。不能周已急，何暇更周亲?

种谷吟

农家种谷时，种禾不种莠。奈何禾未荣，而见莠先茂。
莠若不诛锄，禾亦未成就。又况雨霈时，沾及恩一溜。

赠尧夫先生　光

家虽在城阙，萧瑟似荒郊。远去名利窟，自称安乐巢。
云归白石洞，鹤立碧松梢。得丧非吾事，何须更解嘲!

和君实端明见赠

曾不见譊譊，城中类远郊。虽无千里马，却有一枝巢。
月出云山背，风来松竹梢。顽然何所得，岂复避人嘲！

别一章改韵同五诗呈尧夫　光

家虽在城阙，萧瑟似山阿。远去名利窟，自称安乐窝。
云归白石洞，鹤立碧松柯。得丧非吾事，何须更寤歌！

秋　夜

浮云一消散，星斗灿长天。碧藓坠丹果，清香生白莲。
体凉犹衣葛，耳静已无蝉。坐久群动息，秋空唯寂然。

平日游园，常策筇杖，秋来发箧，复出貂褥二物，皆景仁所贶睹物思人，斐然成诗

筇杖携已久，貂褥展犹新。渐染岷山雪，拂除京国尘。
危扶醉归路，稳称病来身。赖此斋中物，时如见故人。

云

晴空碧于水，那得片云飞。映日成丹凤，随风变白衣。
去来皆绝迹，隐显雨忘机。天理谁能测，终然何所归。

闲　来

闲来观万物，在处可逍遥。鱼为贪钩得，蛾因赴火焦。
碧梧饥鸑鷟，白粒饱鹪鹩。带索谁家子？行歌复采樵。

花庵多牵牛，清晨始开，日出已瘁。花虽甚美，而不能留赏

望远云凝岫，妆馀黛散钿。缥囊承晓露，翠盖拂秋烟。
向慕非葵比，雕零在槿先。才供少顷玩，空废日高眠。

和秋夜

久畏夏暑日，喜逢秋夜天。急雨过修竹，凉风摇晚莲。
岂谓败莎蛩，能继衰柳蝉。安得九皋禽，清唳一洒然。

和貂褥筇杖二物皆范景仁所惠

君子亦保物，保故不保新。筇生蜀部石，貂走阴山尘。
善扶巇险路，能暖瘦羸身。行坐不可舍，常如睹斯人。

和　云

万里幕四垂，一片云自飞。只知根抱石，不为天为衣。
既来曾无心，却去宁有机。未能作霖雨，安用帝乡归！

和闲来

以身观万物，万物理非遥。马为乘多瘦，龟因灼苦焦。

能言谢鹦鹉，易饱过鹪鹩。伊洛好烟水，愿同渔与樵。

和花庵上牵牛花

叶闹深如幄，花繁翠似钿。瀼瀼零晓露，幂幂蔽晴烟。
谢既成番次，开仍有后先。主人凝伫苦，长是废朝眠。

寄三城旧友卫比部二绝

虽老未龙钟，篱边菊满丛。乍凉天气好，里闬正过从。

又

景好身还健，天晴路又干。小车芳草软，处处是清欢。

秋日登石阁

初晴僧阁一凭栏，风物凄凉八月间。
欲尽上层尝脚力，更于高处看人寰。
秋深天气随宜好，老后心怀只爱闲。
为报远山休敛黛，这般情意久阑珊。

尧夫先生示秋霁登石阁之句，病中聊以短章戏答　弼[①]

高阁岧峣封远山，雨余愁望不成欢。
拟将敛黛强消遣，却是幽思苦未阑[②]。

校者注　①　弼：指富弼（1004－1083），字彦国，河南洛阳人，北宋名相、文学家。至和二年（1055年）拜相。宋英宗即位，召为枢密使，因足疾解职，进封郑国公。熙宁二年（1069年），再度为相，因反对王安石变法，出判亳州，拒不执行青苗法。后以司空、韩国公致仕，退居洛阳，仍继续请求废止新法。元丰六年（1083年），富弼去世，年八十。累赠太师，谥号“文忠”。元祐元年（1086年），配享神宗庙庭，宋哲宗亲篆其碑首为“显忠尚德”。为昭勋阁二十四功臣之一。康熙六十一年（1722年），从祀历代帝王庙。今存《富郑公集》。

②原注：来诗断章云：“为报远山休敛黛，这般情意久阑珊。”

和尧夫先生秋霁登石阁　光

飞檐危槛出林端，王屋嵩丘咫尺间。
独爱高明游佛阁，岂知忧喜满尘寰？
目穷苍莽纤毫尽，身得逍遥万象闲。
暇日登临无厌数，悲风残叶已珊珊[①]。

①原注：先生冬夏俱不出。

行至龙门先寄尧夫先生　复圭[①]

碧洛青嵩刮眼明，马头次第似相迎。
天街高士还知否？好约南轩醉一觥。

校者注　①　复圭：即李审言，字复圭。李淑子，徐州丰县人。宋仁宗庆历初赐进士出身。历知滑、相、泾州，历湖北、两浙、淮南、河东、陕西、成都六转运使。神宗熙宁初，进直龙图阁、知庆州。临事敏决，称健吏，与人交不以利害避。然轻率躁急，无威重，喜以语侵人，独为王安石所知。

和李审言龙图行次龙门见寄

万里秋光入坐明，交情预喜笑相迎。
菊花未服重阳过，如待君来泛巨觥。

风月吟

凉风无限清，良月无限明。清明不我舍，长能成欢情。
终朝三褫辱，昼日三接荣。荣辱我不预，何复能有惊！

赠富公

天下系休戚，世间谁拟伦。三朝为宰相，四水作闲人。
照破万古事，收归一点真。不知缘底事，见我却殷勤。

弄笔吟

人生所贵有精神，既有精神却不淳。
弄假像真终是假，将勤补拙总输勤。
因饥得饱饱犹病，为病求安安未真。
人误圣人人不少，圣人无误世间人。

招司马君实游夏圃

雨霁景自好，秋深天未寒。可能乘兴否？夏圃上盘桓。

和尧夫先生相招游夏圃　光

野迴秋光满，径微朝露寒。登高与行远，余力尚桓桓。

秋日雨霁闲望

水冷云疏霜意早，岁华虽晚黄花好。
饶教四面远山围，奈何一片秋光老。
上天生物固无私，圣人余事人难晓。
陈言生活不须矜，自是中才皆可了。

四小吟简陈季常

八月小春天，小花开且殷。晚来经小雨，遂使小车闲。

乐乐吟

吾常好乐乐，所乐无害义。乐天四时好，乐地百物备。
乐人有美行，乐己能乐事。此数乐之外，更乐微微醉。

诫子吟

善恶无他在所存，小人君子此中分。
改图不害为君子，迷复终归作小人。
良药有功方利病，白圭无玷始称珍。
欲成令器须追琢，过失如何不就新！

闻少华崩

变化无踪倏忽间，力回天地不为难。
若教施展巨灵手，岂止轩腾少华山。
六社居民皆覆没，九泉磐石尽飞翻。
刍荛一句能收采，尧舜之时自可攀。

自古吟

自古大圣人，犹以为难事。而况后世人，岂复便能至！
求之不胜难，得之至容易。千人万人心，一人之心是。

代书寄祖龙图

三十年交旧，相逢各白头。海壖曾共饮，洛社又同游。
脱屣风波地，开怀松桂秋。两眉从此后，应不著闲愁。

寒夜吟

天加一上寒，我添一重被。不出既往言，不为己甚事。
责己重以周，与人不求备。唯是大圣人，能立无过地。

知幸吟

鸡职在司晨，犬职在守御。二者皆有功，一归于报主。
我饥亦享食，我寒亦受衣。如何无纤毫，功德补于时。

趋 向

舍我灵龟，观我朵颐。背义从利，人无远思。
贲于丘园，束帛戋戋。既能图大，小在其间。

不可知吟

犁牛生骍角，老蚌产明珠。人虽欲勿用，山川其舍诸。
事固不可知，物亦难其拘。一归于臆度，义失乎精粗。

事急吟

早极望雨意，病危思药心。人人当此际，不待劝而深。

知人吟

事到急时观态度，人于危处露肝脾。
深心厚貌平时可，慎勿便言容易知。

言语吟

一语便喜处，千言益怒时。既因言语合，却为语言离。

思患吟

缘饰近虚襟，虚襟后患深。疗饥当用食，救旱必须霖。

人生一世吟

前有亿万年，后有亿万世。中间一百年，做得几何事。
又况人之寿，几人能百岁？如何不喜欢，强自生憔悴。

谢人惠石笋

谁将天柱峰，快刀割一半。泉漱痕微清，云抱色犹见。
权门不能移，富室不能转。则予何人哉？当阎君之献。

十月二十四日早始见雪，登白云台闲望乱道走书呈尧夫先生　弼

气候随时应，初寒雪已盈。乾坤一色白，山水万重清。
是处人烟合，无穷鸟雀惊。忻然不成下，连把玉罍倾。

奉和十月二十四日初见雪，呈相国元老

壬子初逢雪，未多仍却晴。人间都变白，林下不胜清。
寒士痛遭恐，穷民恶着惊。怀觞限新法，何故便能倾！

台上再成乱道走书呈尧夫　弼

密雪终宵下，晨登百尺端。瑞光翻怯日，和气不成寒。
天末无纤翳，云头未少干。四郊闻击壤，农望已多欢。

和相国元老

崇台未经庆，瑞雪下云端。虽地尽成白，而天不甚寒。
有年丰可待，盈尺润难干。畎亩无忘处，追踪击壤欢。

天津看雪代简谢蒋秀才还诗卷

清洛接天去，寒云贴地飞。人于桥上立，诗向雪中归。

安乐窝中看雪

同云漠漠雪霏霏，安乐窝中卧看时。

初讶后园罗玉树，却惊平地璨瑶池。
未逢寒食犁花谢，不待春风柳絮飞。
酒放半醺帘半卷，此情无使外人知。

又

满目是瑶琚，贫家遂富如。许观非许卖，宜惨不宜舒。
醇酿装醺后，重衾造暖余。肯于人世上，造险较锱铢。

岁在癸丑年始七十正旦日书事　弼

人生七十古来稀①，
今日愚年已及期。
从此光阴犹不测，
只应天道始相知。

①原注：老杜诗云："酒债寻常行处有，人生七十古来稀。"

又

亲宾何用举椒觞，已觉闲中岁月长。
不学香山醉歌舞，只将吟啸敌流光。

又

先圣明明许从心，山川风月恣游寻。
此中若更论规矩，籍外闲人不易禁。

又

今年始是乞骸年，我向年前已挂冠。

都为君王怜久疾，肯教先去养衰残。

答富韩公见示正旦四绝

（熙宁六年）

正旦四篇诗，缘忻七十期。请观唐故事，未放晋公归。

上元书怀　光

老去春无味，年年觉病添。酒因脾积断，灯为目疴嫌。
势位非其好，纷华久已厌。唯余读书乐，暖日坐前檐。

和君实端明

养道自安恬，霜毛一任添。且无官责咎，幸免世猜嫌。
蓬户能安分，藜羹固不厌。一般偏好处，曝背向前檐。

安乐窝中四长吟

安乐窝中快活人，闲来四物幸相亲。
一编诗逸收花月，一部书严惊鬼神。
一炷香清冲宇泰，一樽酒美湛天真。
太平自庆何多也，唯愿君王寿万春。

安乐窝中诗一编

安乐窝中诗一编，自歌自咏自怡然。
陶镕水石闲勋业，铨择风花静事权。
意去乍乘千里马，兴来初上九重天。
欢时更改三两字，醉后吟哦五七篇。

直恐心通云外月，又疑身是洞中仙。
银河汹涌翻晴浪，玉树查牙生紫烟。
万物有情皆可状，百骸无病不能蠲。
命题滥被神相助，得句谬为人所传。
肯让贵家常奏乐，宁惭富室剩收钱。
若条此过知何限，因甚台官独未言。

安乐窝中一部书

安乐窝中一部书，号云皇极意何如?
春秋礼乐能遗则，父子君臣可废乎!
浩浩羲轩开辟后，巍巍尧舜协和初。
炎炎汤武干戈外，汹汹桓文弓剑余。
日月星辰高照耀，皇王帝伯大铺舒。
几千百主出规制，数亿万年成楷模。
治久便忧强跋扈，患深仍念恶驱除。
才堪命世有时有，智可济时无世无。
既往尽归闲指点，未来须俟别支梧。
不知造化谁为主，生得许多奇丈夫。

安乐窝中一炷香

安乐窝中一炷香，凌晨焚意岂寻常。
祸如许免人须谄，福若待求天可量。
且异缁黄徼庙貌，又殊儿女裛衣裳。
中孚起信宁烦祷，无妄生灾未易禳。
虚室清冷都是白，灵台莹静别生光。
观风御寇心方醉，对景颜渊坐正忘。
赤水有珠涵造化，泥九无物隔青苍。
生为男子仍身健，时遇昌辰更岁穰。

日月照临功自大，君臣庇荫效何长？
非徒闻道至于此，金玉谁家不满堂！

安乐窝中酒一樽

安乐窝中酒一樽，非唯养气又颐真。
频频到口微成醉，拍拍满怀都是春。
何异君臣初际会，又同天地乍絪缊。
醺酣情味难名状，酝酿功夫莫指陈。
斟有浅深存燮理，饮无多少寄经纶。
凤凰楼下逍遥客，郏鄏城中自在人。
高阁望时花似锦，小车行处草如茵。
卷舒万世兴亡手，出入千重云水身。
雨后静观山意思，风前闲看月精神。
这般事业权衡别，振古英雄[1]恐未闻。

①原注：一本作“豪”。

谢富相公见示新诗一轴（二首）

通衢选地半松筠，元老辞荣向盛辰。
多种好花观物体，每斟醇酒发天真。
清朝将相当年事，碧洞神仙今日身。
更出新诗二十首，其间字字敌阳春。

文章天下称公器，诗在文章更不疏。
到性始知真气味，入神方见妙功夫。
闲将岁月观消长，静把乾坤照有无。
辞比离骚更温润，离骚其奈少宽舒。

弼承索近诗，复见佳句，辄次原韵奉和诗以语志，不必更及乎诗也，伏唯一览而已（二首）　弼

出入高车耀缙绅，从来天幸喜逢辰。
道孤常恐难逃悔，性拙徒能不失真。
风雨坐生无妄疾，林泉归作自由身。
岁寒未必输松柏，已见人间七十春。

赋分萧条只自如，生平常向宦情疏。
亡功每叹孤明主，得谢何妨作老夫。
官品尚叨三事贵，世缘应信一毫无。
病来髀肉消几尽，尤觉阴阳系惨舒。

安乐窝中好打乖吟

安乐窝中好打乖，打乖年纪合挨排。
重寒盛暑多闭户，轻暖初凉时出街。
风月煎催亲笔砚，莺花引惹傍樽罍。
问君何故能如此，只被才能养不才。

和　弼

先生自卫客西畿，乐道安闲绝世机。
再命初筵终不起，独甘穷巷寂无依。
贯穿百代常探古，吟咏千篇亦造微。
珍重相知忽相访，醉和风雨夜深归。

和 拱辰

安乐窝中名隐君，腹藏经笥富多闻。
一廛水竹为生计，三径琴觞混世纷。
婉画旧尝辞幕府，少微今已应星文。
了心便是栖真地，何必烟霞卧白云。

和 光

安乐窝中自在身，犹嫌名字落红尘。
醉吟终日不知老，经史满堂谁道贫。
长掩柴荆避寒暑，只将花卉记冬春。
料非闲处打乖客，乃是清朝避世人。

和 尚恭

窝名安乐已诙谐，更赋新诗讼所乖。
岂以达为贤事业，自知安是道梯阶。
权门富室先藏迹，好景良朋亦放怀。
应照先生纯粹处，肯挥妙墨记西斋。

和 逵

安乐行生醉便歌，庄篇徒尔说焚和。
有名有守同应少，无事无来得最多。
胜处林泉供放适，清时风月助吟哦。
能抛忧责忘劳外，不纵逍遥更待何。

和　颢（二首）

打乖非是要安身，道大方能混世尘。
陋巷一生颜氏乐，清风千古伯夷贫。
客求妙墨多携卷，天为诗豪剩借春。
尽把笑谈亲俗子，德容犹足畏乡人。

圣贤事业本经纶，肯为巢由继后尘。
三币未回伊尹志，万钟难换子舆贫。
且因经世藏千古，已占西轩度十春。
时止时行皆有命，先生不是打乖人。

和　吕希哲

先生不是闭关人，高趣逍遥混世尘。
得志须为天下雨，放怀聊占洛阳春。
家无石甂宾常满，论极锱铢意始新。
任便终身卧安乐，一毫何费养天真。

二月六日登石阁　光

极目千里外，川原绣画新。始知平地上，看不尽青春。

和君实端明登石阁

平地虽然远，那知物物新。危楼一百尺，别有万般春。

二月六日送京酝二壶上尧天　光

红樱零落杏花开，春物相催次第来。
莫作林间独醒客，任从花笑玉山颓。

和君实端明副酒之什

洛阳花木满城开，更送东都双榼来。
遂使闲人转狂乱，奈何红日又西颓。

对花吟

春在花争好，春归花遂残。好花留不住，好客会亦难。
酒既对花饮，花宜把酒看。如何更斟满，乃尽此时欢。

依韵寄成都李希淳屯田

思君君未还，君恋蜀中官。白首虽知倦，清衷宜自宽。
花时难得会，蚕市易成欢。莫叹归休晚，生涯苦未完。

代书寄广信李遵度承制

蓟北更千里，汉唐为极边。奈何今境土，不复旧山川。
虎帐兵家重，雕弓嗣子传。他年勒功处，无使后燕然。

自和打乖吟

安乐窝中好打乖，自知原没出人才。
老年多病不服药，少日壮心都已灰。
庭草划除终未尽，槛花抬举尚难开。
轻风吹动半醺酒，此乐直从天外来。

伊川击壤集卷之十

伊 川 邵 雍 尧夫

年老逢春十三首

年老逢春春莫猜，老年方自少年回。
人情少悦酒不解，天气却寒花未开。
堤外有风斜送柳，墙阴经雨半生苔。
去年波水东流去，旧渌奈何新又来。

年老逢春春正妍，春妍况在禁烟前。
才寒却暖养花日，行雨便晴消酒天。
进退樽罍宜有主，栽培桃李岂无欢。
清谈已是欢情极，更把狂诗当管弦。

年老逢春雨乍晴，雨晴况复近清明。
天低宫殿初长日，风暖园林未啭莺。
花似锦时高阁望，草如茵处小车行。
东君见赐何多也，又复人间久太平。

年老逢春莫厌春，住家况复在天津。
既将水竹为生计，须与风花作主人。
故宅废功除瓦砾，新畦加意种兰薰。
未知去此闲田地，何地更能容此身。

年老逢春始识春，春妍都恐属闲身。
能知青帝功夫大，肯逐后生撩乱频。

酒趁嫩醅尝格韵，花承晓露看精神。
大凡尤物难分付，造化从来不负人。

年老逢春春意多，波光谁染柳谁搓。
池亭正好爱不彻，草木向荣情奈何。
便把樽罍能意思，须防风雨害清和。
千红万翠中间裹，似我闲人更有么！

年老逢春春莫厌，春工慎勿致猜嫌。
红芳若得眼前过，白发任从头上添。
雨后艳花零泪颗，风余新月露眉尖。
轻醇酒面斟来凸，举盏长忧不易拈。

年老逢春春莫悭，春悭不当世艰难。
四时只有三春好，一岁都无十日闲。
酒盏不烦人诉免，花枝须念雨催残。
却愁千片飘零后，多少金能买此欢！

年老逢春莫厌频，更频能见几回春。
须将酒盏强留客，却恐花枝解笑人。
世态不堪新间旧，物情难免假疑真。
谁云梁燕多言语，此个深冤都未伸。

年老逢春兴未收，愿春慈造少迟留。
既称好事愁花老，须与多情秉烛游。
酒里功营闲汗马，诗中罪过静风流。
东君不奈人嘲戏，孱僽花枝恶未休。

年老逢春莫惜狂，惜狂无那兴难当。
园林恰到恁明媚，风雨便多闲中伤。

花等半开宜速赏，酒闻才熟便先尝。
大都美物天长惜，非是吾侪曲主张。

年老逢春春不任，不任缘被老来侵。
一身老去恶足惜，满眼春归何处寻？
红日坠时风更急，落花流处水仍深。
流莺不悟芳菲歇，犹向枝头送好音。

年老逢春认破春，破春不用苦伤神。
身心自有安存地，草木焉能媚惑人。
此日荣为他日瘁，今年陈是去年新。
世间忧喜常相逐，多少酒能平得君。

和尧夫先生年老逢春三首　光

年老逢春春莫咍，朱颜不肯似春回。
酒因多病无心醉，花不解愁随意开。
荒径倦游从碧草，空庭慵扫任苍苔。
相逢谈笑犹能在，坐待牵车陌上来。

年老逢春无用惊，对花弄笔眼犹明。
不嫌贫舍旧来燕，唤起醉眠何处莺？
一仆相随幅巾出，群童聚看小车行。
人间万事都捐去，莫遣胸中气不平。

年老逢春犹解狂，行歌南陌上东冈。
晴云高鸟各自得，白日游丝相与长。
草色无情尽眼绿，林花多思丽人香。
吾侪幸免簪裾累，痛饮闲吟乐未央。

崇德久待不至　光

淡日浓云合复开，碧伊青洛远萦回。
林间高阁望已久，花外小车犹未来。

和（二首）

君家梁上年时燕，过社今年尚未回。
请罚误君凝伫久，万花深处小车来。

天启夫君八斗才，野人中路必须回。
神仙一句难忘处，花外小车犹未来。

别两绝

楼外花深碍小车，难忘有德见思多。
欲凭桃李为之谢，桃李无言争奈何！

赏花高阁上，负约罪难回。若许将诗赎，何时不可陪？

春日登石阁

满洛城中将相家，广栽桃李作生涯。
年年二月凭高处，不见人家只见花。

六十三吟

行年六十有三岁，齿发虽衰志未衰。
耻把精神虚作弄，肯将才力妄施为。
愁闻刮骨声音切，闷见吹毛智数卑。
珍重至人尝有语，落便宜是得便宜①。

①原注：陈希夷先生尝有是言。

感事吟

古人不见面，止可观其心。其心固无他，而多顾义深。
今人不见心，正可观其面。其面固无他，而多顾利浅。
顾义则利人，顾利则害民。利人与害民，而卒反其身。
其身幸而免，亦须殃子孙。

偶　书

天生万物，各遂其一，唯人最灵，万物能并。
芝兰芬芳，麒麟凤凰，此类之人，鲜有不臧。
狼毒冶葛，枭鸩蛇蝎，此类之人，鲜有不孽。
臧唯思安，孽唯思残，日夜无息，相代于前。
天无私覆，地无私载，俱能含养，始知广大。

偶得吟

蛙蜢泥中走，凤凰云外飞。云泥相去远，自是难相知。

太和汤吟

二味相和就瓮头，一般收口效偏优。
同斟祗却因无事，独酌何尝为有愁！
才沃便从真宰辟，半醺仍约伏羲游。
人间尽爱醉时好，未到醉时谁肯休？

洗　竹

岁寒松柏共经秋，丛铿无端蔽翳稠。
遍地冗枝都与去，倚天高杆一齐留。
应龙吟后声能效，仪凤来时功可收。
未说其他为用处，此般风格最难俦。

天意吟

天意无他只自然，自然之外更无天。
不欺谁怕居暗室，绝利须求在一源。
未吃力时犹有说，到收功处更何言？
圣人能事人难继，无价明珠正在渊。

代书戏祖龙图

祖兄同甲申，二十七日长。无怨可低眉，有欢能抵掌。
交情日更深，道义久相尚。但欠书丹人，黄金八百两[①]。

①原注：择之葬其亲也，书志用予姓名。

把　酒

把酒嘱儿男，吾今六十三。处身虽未至，讲道固无惭。
世上荣都谢，林间乐尚贪。语其贪一也，且免世猜嫌。

对　花

（熙宁七年）

花枝照酒卮，把酒嘱花枝。酒尽钱能买，花残药不医。
人无先酩酊，花莫便离披。慢慢对花饮，况春能几时？

四道吟

天道有消长，地道有险夷。人道有兴废，物道有盛衰。
兴废不同世，盛衰不同时。奈何人当之，许多喜与悲。

林下吟

林下一般奇，俗人那得知。乍圆明月夜，才放好花枝。
美酒未斟满，佳宾莫放归。世间优我辈，幸有这些儿。

春　阴（二首）

日日是春阴，春阴又复沉。养花虽有力，爱月岂无心！
月满方能看，花开始可吟。奈何花与月，殊不谅人深。

花好难久观，月好难久看。花能五七日，月止十二圆。
圆时仍龃龉，开处足摧残。风雨寻常事，人心何不安。

嘱花吟

把酒嘱花枝，花枝亦要知。花无十日盛，人有百年期。
据此销魂处，宁思中酒时。若非诗断割，难解一生迷。

懒起吟

半记不记梦觉后，似愁无愁情倦时。
拥衾侧卧未欢起，帘外落花撩乱飞。

感事吟

君子小人正相反，上知下愚诚不移。
治葛根非连灵芝，奈何生与天地齐！

三　惑

老而不歇是一惑，安而不乐是二惑。
闲而不清是三惑，三者之惑自戕贼。

四　喜

一喜长年为寿域，二喜丰年为乐国，
三喜清闲为福德，四喜安康为福力。

何如吟

立身须作真男子，临事无为浅丈夫。
料得人生皆素定，空多计较竟何如！

问春吟

自古言花须说莺，莺花本合一时行。
因何花谢莺才至，浪得莺花相与名。
辄欲问春春不应，私于蜂蝶有何情？
流莺不伏春辜负，啼了千声又万声。

楼上寄友人

有客常轻平地春，失春不得不云云。
能安陋巷无如我，既上高楼还忆君。
满眼云林都是绿，万家辉舞半来新。
凭栏须是心无事，谁是凭栏无事人？

所失吟

所失弥多所得微，中间赢得一嘘欷。
人荣人悴乃常理，花谢花开何足追。
偶尔相逢却相别，乍然同喜又同悲。
只消照破都无事，何必区区更辨为。

插花吟

头上花枝照酒卮，酒卮中有好花枝。
身经两世太平日，眼见四朝全盛时。
况复筋骸粗康健，那堪时节正芳菲。
酒涵花影红光溜，争忍花前不醉归。

闲居吟

闲居须是洛中居，天下闲居皆莫如。
文物四方贤俊地，山川千古帝王都。
绝奇花畔持芳醑，最软草间移小车。
只有尧夫负亲旧，交亲殊不负尧夫。

依韵和张子坚太博

八载相逢恨未平，如何别酒又还倾。
虽惭坦率殊多类，却识清和玉有声。
处世当为天下士，赏花须是洛阳城。
也知今古真男子，造化功夫不易生。

还鞠十二著作见示共城诗卷

写像丹青未易偕，丹青难写像情怀。
览君十首诗三遍，胜我再游乡一回。
故国不知新想望，家山如见旧崔嵬。
功名时事人休问，只有两行清泪揩。

乐物吟

日月星辰天之明，耳目口鼻人之灵。
皇王帝伯人之生，天意不远人之情。
飞走草木类既别，士农工商品自成。
安得岁丰时长平，乐与万物同其荣。

喜春吟

春至已将诗探伺，春归更用酒追寻。
酒因春至春归饮，诗为花开花谢吟。
花谢花开诗屡作，春归春至酒频斟。
情多不是强年少，和气冲心何可任？

暮春吟

多情潘佑羡杨花，出入千家复万家。
少日壮心都失去，老年新事不知他。
诗中罪过人多恕，酒里功劳我自夸。
犹有一般牢落处，交亲大半在天涯。

和王中美大卿致政二首

等候人间七十年，便如平子赋归田。
知时所得诚多矣，养志其谁曰不然。
况有林泉情悦乐，却无官守事拘牵。
小车近日曾驰谒，正值夫君春昼眠。

自古有才思奋飞，夫君何故独知时？
平生怀抱未少屈，盛世挂冠良得宜。
入格柳拖风细细，压春花笑日迟迟。
传呼震地门前过，更不令人问是谁。

和北京王郎中见访留诗

车从赏春来北京，耿君先期已驰情。

此时殒霜奈何重，今岁花开徒有声。
既辱佳章仍坠刺，宁无累句代通名。
天之才美应自惜，料得不为时虚生。

喜乐吟

生身有五乐，居洛有五喜。人多轻习常，殊不以为事。
吾才无所长，吾识无所纪。其心之泰然，奈何人了此[①]！

①原注：一乐生中国，二乐为男子，三乐为士人，四乐见太平，五乐闻道义。一喜多善人，二喜多好事，三喜多美物，四喜多佳景，五喜多大体。

欢喜吟

欢喜又欢喜，喜欢更喜欢。吉士为我友，好景为我观。
美酒为我饮，美食为我餐。此身生长老，尽在太平间。

天道吟

天道不难知，人情未易窥。虽闻言语处，更看作为时。
隐几功夫大，挥戈事业卑。春秋赖乘兴，出用小车儿。

室　吟

一室可容身，四时长有春。何尝无美酒，未始绝佳宾。
洞里赏花者[①]，天边泛月人[②]。相逢应有语，笑我太因循。

①原注：君宾也。宅中有洞。②原注：君贶也。宅中有楼。

正月二十六日，独步至洛滨，偶成二诗呈尧夫先生　光

拜罢归来抵寺居，解鞍纵马罢传呼。
紫花金带尽脱去，便是林间一野夫。

草软波晴沙路微，手携筇竹着深衣。
白鸥不信忘机久，见我犹穿岸柳飞。

依韵和君实端明洛滨独步

冠盖纷纷塞九衢，声名相轧在前呼。
独君都不将为事，始信人间有丈夫。

风背河声近亦微，斜阳淡泊隔云衣。
一双白鹭来烟外，将下沙头又却飞。

雨后天津独步

洛阳宫殿锁晴烟，唐汉以来书可传。
多少升沉都不见，空余四面旧山川。

春　色

去岁春归留不住，今年春色来何处？
洛阳处处是桃源，小车渐转东街去。

太平吟

天下太平日，人生安乐时。更逢花烂漫，争忍不开眉。

禁烟留题锦屏山下四首

满川桃李弄芳妍，不忍重为思所残。
忍使一年春遂去，尽凭高处与盘桓。

寒食风烟锦屏下，凭高把酒兴何如？
满川桃李方妍媚，不忍重为风破除。

无涯桃李待清明，经岁方能开得成。
不念化工曾着力，狂风何故苦相凌？

春半花开百万般，东风近日恶摧残。
可怜桃李性温厚，吹尽都无一句言。

两岁锦屏之游，不克见郑令因以寄之

岁岁群芳正烂开，锦屏山下赏春来。
两年不得陪山躅，洞里仙人出未回。

东轩前添色牡丹一株，开二十四枝成两绝呈诸公

牡丹一株开绝伦，二十四枝妖娥颦。
天下唯洛十分春，邵家独得七八分。

牡丹一株开绝奇，二十四枝娇娥围。
满洛城人都不知，邵家独占春风时。

酬尧夫招看牡丹　光

君家牡丹深浅红，二十四枝为一丛。
不唯春光占七八，才华自是诗人雄。
君家牡丹今盛开，二十四枝为一栽。
主人果然青眼待，正忙亦须偷暇来①。

①原注：少选当与景仁上谒。

花时阻雨不出

三月洛城春半时，秋千未折杨花飞。
小车不出闲春泥，乱红翻处流莺啼。

安乐窝中吟

安乐窝中职分修，分修之外更何求。
满天下士情能接，遍洛阳园身可游。
行己当行诚尽处，看人莫看力生头。
因思平地春言语，使我尝登百尺楼①。

①原注：司马君有诗云：“始知平地上，看不尽青春。”

安乐窝中事事无，唯存一卷伏羲书。
倦时就枕不必睡，欢后携笻任所趋。
准备点茶收露水，堤防合药种鱼苏。
苟非先圣开蒙恪，几作人间浅丈夫。

安乐窝中弄旧编，旧编将绝又重联。
灯前烛下三千日，水畔花间二十年。
有主山河难占籍，无争风月任收权。
闲吟闲咏人休问，此个功夫世不传。

安乐窝中万户侯，良辰美景忍虚休。
已曾得手春深日，更欲披衣年老头。
晓露重时花满槛，暖醅浮处酒盈瓯。
圣人喜得些儿事，又省工夫又省忧。

安乐窝中春梦回，并无尘事可装怀。
轻风一霎座中过，此乐直从天外来。
日影转时从杖屦，花阴交处傍樽罍。
人间未若吾乡好，又况吾乡多美才。
安乐窝中春不亏，山翁出入小车儿。
水边平转绿杨岸，花外就移芳草堤。
明快眼看三月景，康强身历四朝时。
凤凰楼下天津畔，仰面迎风倒载归。

安乐窝中三月期，老来才会惜芳菲。
自知一赏有分付，谁让黄金无孑遗。
美酒饮教微醉后，好花看到半开时。
这般意思难名状，只恐人间都未知。

安乐窝中春暮时，闭门慵坐客来稀。
萧萧微雨竹间霁，嘒嘒翠禽花上飞。
好景尽将诗记录，欢情须用酒维持。
自余身外无穷事，皆可掉头称不知。

安乐窝中甚不贫，中间有榻可容身。

儒风一变至于道，和气四时长若春。
日月作明明主日，人言成信信由人。
唯人与日不相远，过此何尝更语真。

安乐窝中设不安，略行汤剂自能痊。
居常无病不服药，就使有灾宜俟天。
理到昧时须索讲，情于尽处更何言！
自余虚费闲思虑，都可易之为昼眠。

安乐窝中春欲归，春归忍赋送春诗。
虽然春老难牵复，却有夏初能就移。
饮酒莫教成酩酊，赏花慎勿至离披。
人能知得此般事，焉有闲愁到两眉[①]。

①原注：又云："安乐窝中三月期，老年才会惜芳菲。酒防酩酊须生病，花恐离披遂便飞。饮酒莫教成酩酊，赏花慎勿至离披。离披酩酊恶滋味，不作欢欣只作悲。"

生为男子偶昌辰，安乐窝中富贵身。
大字写诗夸壮健，小杯饮酒惜轻醇。
山川澄净初经雨，草木暄妍正遇春。
造化功夫情妙处，都宜分付与闲人。

安乐窝中虽不拘，不拘终不失吾儒。
轻醇酒用小盏饮，豪壮诗将大字书。
花木暄妍春雨后，山川澄净九秋余。
闲中意思长多少？无忝人间一丈夫。

奉和安乐窝吟　光

灵台无事日休休，安乐由来不外求。
细雨寒风宜独坐，暖天佳景即闲游。

松篁亦足开青眼，桃李何妨插白头。
我以著书为职业，为君偷暇上高楼。

食梨吟

愿君莫爱金花梨，愿君须爱红消梨。
金色红消两般味，一般颜色如胭脂。
红消食之甘如饴，金花食之先颦眉。
似此误人事不少，未食之前宜辨之。

依韵答安之少卿

叠巘如屏四面开，可堪虚使乱云堆。
已曾同赏花无限，须约共游山几回。
未老秋光诗拥笔，乍凉天气酒盈杯。
轻风早是得人喜，更向芰荷深处来。

伊川击壤集卷之十一

伊 川 邵 雍 尧夫

上巳观花思友人

上巳观花花意秾，今年正与昔年同。
当时同赏知何处，把酒犹能对远风。

戏呈王郎中

近年好花人轻之，东君恶怒人不知。
真与增价一百倍，满洛城春都买归。
一株二十有四枝，枝枝皆有倾城姿。
又恐冷地狂风吹，盛时都与籍入诗[①]。

①原注：予家有牡丹一枝，名“添色红”，开二十有四枝。

流莺吟

迁乔固有之，出谷未多时。正嫩簧为舌，初新金作衣。
替花言灼灼，代柳说依依。柳外晚犹啭，花前晓又啼。
啼多因雨过，啭少为春归。莫遣行人听，行人路正迷。

善赏花吟

人不善赏花，只爱花之貌。人或善赏花，只爱花之妙。
花貌在颜色，颜色人可效。花妙在精神，精神人莫造。

善饮酒吟

人不善饮酒，唯喜饮之多。人或善饮酒，唯喜饮之和。
饮多成酩酊，酩酊身遂疴。饮和成醺酣，醺酣颜遂酡。

省事吟

虑少梦自少，言稀过亦稀。帘垂知日永，柳静觉风微。
但见花开谢，不闻人是非。何须寻洞府，度岁也应迟。

一春吟

一春九十日，风雨占几半。花好不成观，心狂未能按。

举世吟

举世自纷纷，谁为无事人？吾生独何幸，卧看洛阳春。

春水吟

春水渌成波，成波无奈何。难将染它物，止可染轻罗。

春雨吟

春雨细如丝，如丝霡霂，如何一滂霈，万物尽熙熙。

可惜吟

可惜熙熙一片春，不多时节觅无因。

眼前园苑知何限，只见莺啼不见人。

簪花吟

簪花犹且强年少，诉酒固非伴小心。
花好酒嘉情更好，奈何明日病还深。

春去吟

春去休惊晚，夏来还喜初。残芳虽有在，得似绿阴无。

奉别尧夫先生承见留数刻，渍梅酒磨沉水。饮别聊书代谢　中师

磨汤渍酒重分携，景霁和风二月时。
莫忘天津别君处，黄梅庭下半离披。

和大尹李君锡龙图留别诗

多情大尹辞春去，正是群芳烂漫时。
自古英豪重恩意，群芳慎勿便离披。

走笔和君锡尧夫　光

先生洛社坐忘机，大尹朝天去佐时。
今日梅花浮别酒，青云早晚重来披。

答李希淳屯田三首

去岁尝蒙远寄诗，当时已叹友朋希。

如今存者殆非半，不纵欢游待几时。

竹间水际情怀好，月下风前意思多。
洛社过从无事日，非吾数辈更谁何？

胸中日月时舒惨，笔下风云旋合难。
老去无成尚如此，不知成后更何为？

笺年老逢春八首

年老逢春春莫疑

［笺云］物理窥开后，人情照破时。
且无形可见，只有意能知。

老年才会惜芳菲

［笺云］一岁正荣处，三春特盛时。
是花堪爱惜，况见好花枝。

自知一赏有分付

［笺云］群卉争妍处，奇花独异时。
东君深意思，亦恐要人知。

谁让万金无子遗

［笺云］白日偏催处，黄金欲尽时，
侈心都用了，始得一开眉。

美酒饮教微醉后

［笺云］瓮头喷液处，盏面起花时。
有客来相访，通名曰伏羲。

好花看到半开时

［笺云］风轻如笑处，露重似啼时。
只向笑啼处，浓香惹满衣。

这般意思难名状

［笺云］阴阳初感处，天地未分时。
言语既难到，丹青何处施？

只恐人间都未知

［笺云］酒到醺酣处，花当烂漫时，
醺酣归酩酊，烂漫入离披。

谢彦国相公和诗　用“醉和风雨夜深归”

道堂闲话尽多时，尘外杯觞不浪飞。
初上小车人已静，醉和风雨夜深归。

谢君实端明　用“只将花卉记冬春”

有时自问自家身，莫是羲皇已上人。
日往月来都不记，只将花卉记冬春。

谢君贶宣徽　用“少微今已应星文”

一字诗中义未分，少微今已应星文。
闲人早是无凭据，更与闲人开后门。

谢安之少卿 用“始知安是道梯阶”

窝名安乐直堪咳，臂痛头风接续来。
恰见安之便安乐，始知安是道梯阶。

谢开叔司封 用“无事无求得最多”

客问人间事若何，尧夫对曰不知他。
居林之下行林下，无事无求得最多。

谢伯淳察院 用“先生不是打乖人”

经纶事业须才者，弈理功夫有巨臣。
安乐窝中闲偃仰，焉知不是打乖人。

自谢 用“此乐直从天外来”

得自苦时终入苦，来从哀处卒归哀。
既非哀苦中间得，此乐直从天外来。

别谢彦国相公三首

和诗韩国老，见比以宣尼。引彼返鲁事，指予来西畿[①]。
日星功共大，麋鹿分同微。华衮承褒借，将何答所知。

①原注：迁洛时。

仲尼天纵自诚明，造化功夫发得成。
见比当初归鲁事，尧夫才业若为情。

尝走狂诗到座前，座前仍是洞中仙。
无涯风月供才思，清润何人敢比肩！

别谢君实端明

曹王八斗才，今日为余催。锦绣佳章里，芝兰秀句开。
烦疴熸躯体，溽暑烁楼台。宜把君诗讽，清风当自来。

大字吟

诗成半醉正陶陶，更用如椽大笔抄。
尽得意时仍放手，到凝情处略濡毫。
鲁阳却日功犹浅，宗悫乘风志未高。
写出太平难状意，任他天下颂功劳。

教子吟

为人能了自家身，千万人中有 人。
虽用知如未知说，在乎行与不行分。
该通始谓才中秀，杰出方名席上珍。
善恶一何相去远，也由资性也由勤。

臂痛吟

老苦头风已病躯，新添臂痛又何如。
无妨把盏只妨拜，虽废梳头未废书。
不向医方求效验，唯将谈笑且消除。
大凡物老须生病，人老何由不病乎！

世上吟

世上偷闲始得闲，我生长在不忙间。
光阴有限同归老，风月无涯可慰颜。
坐卧绕身唯水竹，登临满目但云山。
醉眠只就花阴下，转破花阴梦始还。

逸书吟

丹山谁道凤为巢，事下吾能见九苞。
逸句得时如虎变，大篇成处若神交。
千端蜀锦新番样，万树春华暖弄梢。
天马无踪周八极，但临风月镫相敲。

旋风吟二首

安有太平人不平，人心平处固无争。
棋中机械不愿看，琴里语言时喜听。
少日挂心唯帝典，老年留意只羲经。
自知别得收功处，松桂隆冬始见青。

松桂隆冬始见青，蒿莱盛夏亦能荣。
光阴去后绳难系，利害在前人必争。
万事莫于疑处动，一身常向吉中行。
人心相去无多远，安有太平人不平！

又二首

近日衰躯有病侵，如何医花不求寻？

轩前密叶自成幄，砌下黄花空散金。
闲看蜜蜂收蜜意，静观巢燕垒巢心。
非关天下知音少，自是尧夫不善琴。

自是尧夫不善琴，非关天下少知音。
老年难做少年事，年少不知年老心。
将养精神便静坐，调停意思喜清吟。
如何医药不寻访？近日衰躯有病侵。

头风吟

近日头风不奈何，未妨谈笑与高歌。
人才相去不甚远，事体所争能许多。
闭目面前都是暗，开怀天外更无他。
若由智数经营得，大有英雄善揣摩。

答客吟

说者从来太过乎，道须能卷又能舒。
人间好事不常有，天下奇才何处无。
年近从心唯策杖，诗逢得意便操觚。
快心亦恐诗拘束，更把狂诗大字书。

老去吟二首

老去无成不入时，中年养病只吟诗。
因乘意思要舒放，肯把语言生事治。
世上闲愁都一致，人间何务更能为？
携筇晚步天津畔，为报沙鸥慎勿飞。

行年六十有三岁，二十五年居洛阳。
林静城中得山景，池平坐上见江乡。
赏花长被杯盘苦，爱月屡为风露伤。
看了太平无限好，此身老去又何妨！

依韵和王安之判监少卿

人行一善已为优，何况夫君百行修？
曩日慈闱贪眷恋，多年官路不追求。
官才少列辜清德，职异上庠尊白头。
洛社逾时阻相见，许多欢意却还休。

晓事吟

晓物情人为晓事，知时态者号知人。
知人失后却成害，晓事过时还不淳。

鲜欢吟

生不争名与争利，夫君何故鲜欢意？
以道自重固有之，非理相干是无谓。
白日升天恐虚传，金貂换酒何曾醉！
谁云忧挠大于山，亦是人间常式事。

病起吟

病作因循一月前，岂期为苦舟淹延。
朝昏饮食是难进，躯体虚羸不可言。
既劝佳宾持酒盏，更将大笔写诗篇。
始知心者气之帅，心快沉疴自释然。

半醉吟（二首）

半醉上车儿，车儿稳碾归。轻风迎面处，翠柳拂头时。
意若兼三事，情如拥九麾。这般闲富贵，料得没人知。

半醉小车行，世间无此荣。凉风迎面细，垂柳拂头轻。
意若兼三事，情如拥万兵。这般闲富贵，料得没人争。

览照吟

凌晨览照见皤然，自喜皤然一叟仙。
慷慨敢开天下口，分明高道世间言。
虽然天下本无事，不那世间长有贤。
自问此身何所有？此身唯称老林泉。

人寿吟

人寿百年间，其间多少难。了今六十三，何止于一半？
骨瘦固非清，发白岂谓算？便化不为夭，况且粗康健。

年平吟

身老太平间，身闲心更闲。非贵亦非贱，不饥兼不寒。
有宾须置酒，无日不开颜。第一条平路，何人伴往还？

古琴吟

长随书与棋，贫亦久藏之。碧玉琢为轸，黄金拍作徽。
典多因待客，弹少为求知。近日僮奴恶，须防煮鹤时。

求信吟

始则求人信，有知有不知。既而求自信，人或多知之。
今我不求信，何人更起疑？无可无不可，安往不熙熙？

蝎蛇吟

蛇毒远于生，蝎毒近于死。蛇蝎虽不同，其毒固无异。
蛇以首中人，蝎以尾用事。奈何天地间，畏首又畏尾。

自在吟

心不过一寸，两手何拘拘。身不过数尺，两足何区区。
何人不饮酒，何人不读书。奈何天地间，自在独尧夫。

心安吟

心安身自安，身安室自宽。心与身俱安，何事能相干？
谁谓一身小，其安若泰山。谁谓一室小，宽如天地间。

论诗吟

何故谓之诗，诗者言其志。既用言成章，遂道心中事。
不止炼其辞，抑亦炼其意。炼辞得奇句，炼意得余味。

为善吟

人之为善事，善事义当为。金石犹能动，鬼神其可欺？
事须安义命，言必道肝脾。莫问身之外，人知与不知。

即事吟

事到患来频，何由得任真。就新须果敢，从善莫因循。
盗亦自有道，人而或不仁。义缘无定体，安处是行身？

偶得吟

日为万象精，人为万物灵。万象与万物，由天然后生。
言由人而信，月由日而明。由人与由日，何尝不太平！

静坐吟

人生固有命，物生固有定。岂谓人最灵，不如物正性。
或闻阴有鬼，善能致人死。致死设有由，死外何所求。
又况人之命，系天不系它。阴鬼设有灵，独且奈天何。

静乐吟

和气四时均，何时不是春？都将无事乐，变作有形身。
静把诗评物，闲将理告人。虽然无鼓吹，此乐世难伦。

男子吟

欲作一男子，须了四般事。财能使人贪，色能使人嗜。
名能使人矜，势能使人倚。四患既都去，岂在尘埃里！

望雨二首

盛夏久不雨，满天下愁苦。安得一片云，救取人间否。

久旱偶成雨，方喜慰愁苦。虽能敛尘土，不能救禾黍。

四义吟

小人固无知，唯以利为视。君子固不欺，见得还思义。
思义不顾死，见利或忘生。二者之所起，平之与不平。

金帛吟

金帛一种物，所用固不常。聘则谓之币，赆则谓之将。
贸则谓之货，积则谓之藏。赂则谓之贿，窃则谓之贼。

盗伯吟（二首）

盗伯窥财物，其心不虑它。取时唯恐少，败后只嫌多。
盗伯窥财物，其心只虑添。安得取时贪，却似败时嫌。

待物吟

待物莫如诚，诚真天下行。物情天远近，天道自分明。
义理须宜顾，才能不用矜。世间闲缘饰，到了是虚名。

唐虞吟

天下目为目，谓之明四目。天下耳为耳，谓之达四聪。
前旒与黈纩，所贵无近情。无为无不为，知此非虚生。

曝书吟

虫蠹书害少，人蠹书害多。虫蠹曝已去，人蠹当如何？

两犯吟

这般事业人难继，此个功夫世莫传。
窥牖知天乃常事，不窥牖见是知天。

悯　旱

正要雨时须不雨，已成灾处更成灾。
如何百谷欲焦烂，遍地止存蒿与莱。

无事吟

人间万事若磨持，丛入枯荣利害机。
只有一般无对处，都如天地未分时。

阁上招友人

清风正蔼如，小阁枕通衢。不欲久独擅，能来同享无？

忆梦吟

心足而家贫，体疏而情亲。开襟知骨瘦，发语见天真。

大笔吟

诗成大字书，意快有谁如？巨浪银山立，风樯百尺余。
酒喜小杯饮，诗快大字书。不知人世上，此乐更谁知？

仁圣吟

体道之谓圣，如天之谓仁。如何仁与圣，天下莫敢伦。

自庆吟

俗阜知君德，时和见帝功。况吾生长老，俱在太平中。

伊川击壤集卷之十二

伊　川　邵　雍　尧夫

心耳吟

意亦心所至，言须耳所闻。谁云天地外，别有好乾坤。

人鬼吟

既不能事人，又焉能事鬼。人鬼虽不同，其理何尝异。

梦中吟

梦里常言梦，谁知觉后思。不知今亦梦，更说梦中时。

日中吟

日中为噬嗑，交易是寻常。彼各不相识，何复更思量！

月到梧桐上吟

月到梧桐上，风来杨柳边。院深人复静，此景共谁言！

步月吟

林罅天尤碧，风余月更明。人间无事日，得向此中行。

偶得吟

人间事有难区处，人间事有难安堵。
有一丈夫不知名，静中只见闲挥尘。

答人吟

林下闲言语，何须更问为。自知无纪律，安得谓之诗!

寄曹州李审言龙图

向日所云是，如今却是非。安知今日是，不起后来疑。
向日所云我，如今却是伊。不知今日我，又是后来谁。

清夜吟

月到天心处，风来水面时。一般清意味，料得少人知。

思圣吟

不逢圣人时，不见圣人面。圣人言可闻，圣人心可见。

君子吟

君子存大体，小人无常心。于人不求备，受恩唯恐深。

安分吟

安分身无辱，知几心自闲。虽居人世上，却是出人间。

感事吟

四海三江与五湖，只通舟楫不通车。
往来无限安平者，岂是都由香一炉！

登石阁吟

一般情意恶难羁，长怕登高望远时。
今日凭栏异常日，几回将下又迟迟。

忆昔吟

忆昔初书大字时，学人饮酒与吟诗。
苟非益友推金石，四十五年成一非。

可必吟

可必人间唯善事，不由天地只由衷。
莫嫌效远因而止，更勉其来更有功。

恍惚吟

恍惚阴阳初变化，氤氲天地乍回旋。
中间些子好光景，安得功夫入语言！

谢君实端明诗

人说昆仑多美玉，世传苍海有明珠。
世传人说恐无据，今我家藏乃不虚。

好勇吟

好勇能过我，当仁岂让师！勇须仁以济，仁必勇为资。

莫如吟（三首）

亲莫如父子，远莫如蛮夷。蛮夷和亦至，父子失须离。
仁莫如父子，义莫如君臣。二者尚有失，自余恶足论。
君臣守以义，父子守以仁。义失为敌国，仁失为路人。

里闬吟

里闬闲过从，太平之盛事。吾乡多吉人，况与他乡异。
太平之盛事，天下之美才。人间无事日，都向洛中来。

思友吟

欲见心无已，久违情奈何。云烟虽咫尺，不得屡相过。

忠信吟

忠信于人最有情，平居非是鬼神轻。
何须只在江湖上，患难切身然后行。

代简答张淳秘校

老年前事怕追思，更见曾悲先德诗。
却有断章聊自慰，如今冢嗣弱于谁？

代简谢尹处初先生

乐国久容人避乖，非窝何以状清怀。
则予岂敢窥高躅，天险能升不用阶。

代简谢王茂直惠酒及川笺

白羊玉屑诚佳物，臂痛头风正苦时。
酒放半醺诗思动，窝中何用更呼医！

寄寿安令簿尉诸君

锦屏山下好安栖，花月风烟未改移。
闻说近来长袖过，林前立马尽多时。

知识吟

曾见方言识，曾闻始谓知。奈何知与识，天下亦常稀。

人情吟

古事参今事，今人乃古人。只应情未浃，情浃自相亲。

因何吟

梅因何而酸？盐因何而咸？茶因何而苦？荠因何而甘？

天听吟

天听寂无音，苍苍何处寻？非高亦非远，都只在人心。

白头吟

五福虽难备，三殇却不逢。太平无事日，得作白头翁。

天意吟

人能言语自能窥，天意无言人莫欺。
莫道无言便无事，殆非流俗所能知。

谢寿安县惠神山牒

西南有山高崔嵬，乱峰围绕如蓬莱。
中间有地可容足，泉甘木茂无尘埃。
诸君之意一何厚，协谋判给如风雷。
天津八月水波定，便可乘查观一回。

依韵和王安之少卿见戏安之非是弃尧夫吟

安之殊不弃尧夫，亦恐傍人有厚诬。
开叔当初言得罪，希淳在后说无辜。
悄然情意都如旧，划地杯盘又见呼。
始信岁寒心未替，安之殊不弃尧夫。

小车吟

自从三度绝韦编，不读书来十二年。
大氅子中消白日，小车儿上看青天。
闲为水竹云山主，静得风花雪月权。
俯仰之间无所愧，任他人谤似神仙。

晚步吟

晚步上阳堤，手携筇竹枝。静随芳草去，闲逐野云归。
月出松梢处，风来苹末时。林间此光景，能有几人知?

接花吟

物为万民生，人为万物灵。人非物不活，物待人而兴。
男女天所生，夫妻人所成。天人相与外，率是皆虚名。

答任开叔郎中昆仲相访

竹影战棋罢，闲思安乐窝。旷时称不见，联辔幸相过。
宠莫兼金比，褒逾华衮多。从来有诗癖，使我遂成魔。

小春天

八月小春天，如人强少年，偷生诚有谓，却老固无缘。
既有神仙术，能回草木妍。安知太平日，不得似尧夫。

深秋吟

终岁都无事，四时长有花。小车乘兴去，所到便如家。

中秋吟

中秋光景好，况复月团圆。大抵众所爱，奈何兼独难。
天晴仍客好，酒美更身安。四者若阙一，不能成此欢。

同程郎中父子月陂上闲步吟

草软沙平风细溜，云轻日淡柳低捶。
狂言不记道何事，剧饮未尝如此杯。
景好只知闲信步，朋欢那觉太开杯。
必期快作赏心事，却恐赏心难便来。

和尧夫先生　颢

先生相与赏西街，小子亲持几杖来。
行处每容参极论，坐隅还许侍余杯。
槛前流水心同乐，林外青山眼重开。
时泰心闲难两得，直须乘兴数追陪。

月陂堤上四徘徊，北有中天百尺台。
万物已随秋色改，一樽聊为晚凉开。
水心云影闲相照，林下泉声静自来。
世事无端何足计，但逢嘉日约重陪。

秋望吟

草色连云色，山光接水光。危楼一百尺，旅雁两三行。

闲适吟

春看洛城花，秋玩天津月。夏披嵩岑风，冬赏龙山雪。

观陈希夷先生真及墨迹

未见希夷真，未见希夷迹。止闻希夷名，希夷心未识。
及见希夷迹，又见希夷真。始知今与古，天下长有人。
希夷真可观，希夷墨可传。希夷心一片，不可得而言。

游神林谷寄尧夫　光

山人有山未尝游，俗客远来仍久留。
白云满眼望不见，可惜宜阳一片秋。

答君实端明游寿安神林

占得幽栖一片山，都离尘土利名间。
四时分定所游处，不为移文便往还。

杏香花

客说河州事，经营杳未涯。讶予独无语，贪嗅杏香花。

天津晚步

芝盖久稀疏，暮云空坱北。千年旧都城，一片闲宫阙。
禁御尚连延，觚棱犹巀嶭。桥势横雌霓，堤形偃初月。
瀍涧岸已深，汉唐时既歇。危亭独坐人，浪把兴亡阅。

欢喜吟

日往月来，终则有始。半行天上，半下地底。
照临之间，不忧则喜。予何人哉？欢喜不已。

自作真赞

松桂操行，莺花文才。江山气度，风月情怀。
借尔面貌，假尔形骸。弄丸[①]余暇，闲往闲来。

①原注：丸谓太极。

奢侈吟

侈不可极，奢不可穷。极则有祸，穷则有凶。

多多吟

天下居常，害多于利。乱多于治，忧多于喜。
奈何人生，不能免此！奈何予生，皆为外事！

畏爱吟

人有正性，事事皆齐。人无正性，事事皆隳。
失于用恩，以非为是。失于用威，以是为非。
恩威既失，畏爱何知。不知畏爱，何用恩威。
喜怒不节，鲜不至斯。妇人男子，宜用戒之。

秋阁吟

秋阁一凭栏，人心何悄然。乾坤今岁月，唐汉旧山川。
淡泊霜前日，萧疏雨后天。丹青空妙手，此意有谁传?

浮生吟

浮生晓露边，且喜又添年。动悔须有悔，求全未必全。
处人心上事，道物性中言。寰宇虽然广，其谁曰不然。

力外吟

以少为多，以无为有。力外周旋，不能长久。

谢傅钦之学士见访

长莫长于天，大莫大于地。天地尚有极，自余安足计。
世态非一朝，人情止于是。以至立殊功，无非借巨势。
适会在其间，慎勿强生事。虽然似雪霜，无改如松桂。
方惜久离阔，却喜由道义。相别二十年，犹能记憔悴。

赏雪吟

一片两片雪纷纷，三杯五杯酒醺醺。
此时情状不可论，直疑天地才细纭。

答傅钦之

钦之谓我曰：诗似多吟，不如少吟。诗欲少吟，不如不吟。
我谓钦之曰：亦不多吟，亦不少吟。亦不不吟，亦不必吟。
芝兰在室，不能无臭。金石振地，不能无声。
恶则哀之，哀而不伤。善则乐之，乐而不淫。

月陂闲步

因随芳草行来远，为爱清波归去迟。
独步独吟仍独坐，初凉天气未寒时。

仲尼吟

仲尼生鲁在吾先，去圣千余五百年。
今日谁能知此道，当时人自比于天。
皇王帝伯中原主，父子君臣万世权。
河不出图吾已矣，修经意思岂徒然。

谢圆益上人惠诗一卷

览公诗十首，起我意何多。以药驱疑疾，如茶涤睡魔。
月当松皎洁，山隔水嵯峨。明日如无事，天津可再过。

自述二首

何者堪名席上珍，都缘当日得师真。
是知佚我无如老，唯喜放怀长似春。
得志当为天下事，退居聊作水云身。
胸中一点分明处，不负高天不负人。

陆海卧龙收爪甲，辽天老鹤戢毛衣。
难攀骐骥日千里，易足鷦鷯巢一枝。
最好朋侪同放适，博高台榭与登跻。
云山胜处追寻遍，似我清闲更有谁？

答会计杜孝锡寺丞见赠

四方多善人，子善未毫分。有意空求志，无功漫爱君。
闲行观止水，静坐看归云。老向太平里，朝廷正右文。

伊川击壤集卷之十三

伊 川 邵 雍 尧夫

天津弊居蒙诸公共为成买作诗以谢

重谢诸公为买园，洛阳城里占林泉。
七千来步平流水，二十余家争出钱。
嘉祐卜居终是僦，熙宁受券遂能专。
凤凰楼下新闲客，道德坊中旧散仙。
洛浦清风朝满袖，嵩岑皓月夜盈轩。
接篱倒戴芰荷畔，谈尘轻摇杨柳边。
陌彻铜驼花烂熳，堤连金谷草芊绵。
青春未老尚可出，红日已高犹自眠。
洞号长生宜有主，窝名安乐岂无权！
敢于世上明开眼，会向人间别看天。
尽送光阴归酒盏，都移造化入诗篇。
也知此片好田地，消得尧夫笔似椽。

同诸友城南张园赏梅十首[①]

东风一夜折梅枝，舞蝶游蜂都不知。
插了满头仍渍酒，任他人道拙于时。

①原注：二首和长水李令子真韵。

折来嗅了依前嗅，重惜清香难久留。
多谢主人情意切，未残仍许客重游。

清香冷艳偏多处，猛雨狂风未有前。
赏意正浓红日坠，如何既去遂经年。

红日坠时情更切，玉山颓处兴还深。
攀条时拣繁枝折，不插满头辜此心。

梅台赏罢意何如，归插梅花登小车。
陌上行人应见笑，风情不薄是尧夫。

酒中渍后香尤烈，笛里吹来韵更清。
此韵此香来处好，此时消得一凝情。

春早梅花正烂开，生平不饮亦衔杯。
城南尽日高台上，恰似江南去一回。

梅花四种或黄红，颜色不同香颇同。
更远也须重一到，看着随水又随风。

五岭虽多何足观，二川纵少须重去。
台边况有数十株，仍在名园最深处。

人间好物尤宜惜，天下奇才非易得。
他日相逢他处时，始知此会重难觅。

答人吟二首

谁道闲人无事权，事权唯只是诗篇。
四时雪月风花景，都与收来入近编。

初春洛城梅开时，赏梅更吟梅花诗。

梅花虽开难远寄，唯寄梅诗伸所思。

依韵和君实端明惠酒

春风吹雪乱飘飘，林下如何更寂寥。
霜宪威棱正难犯，小人当贶是难消。

谢寿安簿寄锦屏山下所失剪刀

江夏尚能悲坠履，少原唯解泣遗簪。
一刀所失安足系，不那久经人用心。

谢君实端明惠山蔬八品

八品山蔬尽药萌，何山采得各标名？
山翁惊受霜台贶，即命山妻亲自烹。

谢君实端明惠牡丹

霜台何处得奇葩？分送天津小隐家。
初讶山妻忽惊走，寻常只惯插葵花。

谢判府王宣徽惠酒

自得花枝向远邻，只忧轻负一番春。
无何宠贶酒双榼，少室山人遂不贫。

看花四绝句呈尧夫　光

洛阳相望尽名园，墙外花胜墙里看。

手摘青梅供按酒，何须一一具杯盘。

洛阳相识尽名流，骑马游胜下马游。
乘兴东西无不到，但逢青眼即淹留。

洛阳春日最繁华，红绿阴中千万家。
谁道群花如锦绣，人将锦绣学群花。

南园桃李近方栽，浇水未干花已开。
山果野蔬随分有，交游不厌但频来。

和君实端明洛阳看花（四首）

洛阳最得中和气，一草一木皆人看。
饮水也须无限乐，况能时复举杯盘。

洛阳花木夸天下，吾辈游胜庶士游。
重念东君分付意，忍于佳处不迟留。

洛阳交友皆奇杰，递赏名园只似家。
却笑孟郊穷不惯，一日看尽长安花。

南园一色栽桃李，春到且图花早开。
多谢主人情意厚，天津客不等闲来。

送酒尧夫先生因戏之　光

林下虽无忧可消，许由闻说挂空瓢。
请君呼取孟光饮，共插花枝煮药苗①。

①原注：前送牡丹、药苗，尧夫皆有诗。

和君实端明送酒

大凡人意易为骄，双榼何如水一瓢。
亦恐孟光心渐侈，自兹微厌紫芝苗。

暮春吟

林下居常睡起迟，那堪车马近来稀。
春深昼永帘垂地，庭院无风花自飞。

依韵和镇戎倅龚章屯田

十五年前初见君，见君情意便如亲。
虽然林下无他事，不那心间思故人。
万物比之论至底，丹诚到了总输真。
过从洛社胜诸处，何日能来共卜邻？

安乐窝铭

安莫安于王政平，乐莫乐于年丰登。
王政不平年不登，窝中何由得康宁？

愁恨吟

城里住烟霞，天津小隐家。经书为事业，水竹是生涯。
恨为云遮月，愁因风损花。恨愁花月外，何暇更知他。

悲喜吟

吴起初辞魏，张仪乍入秦。西河蒙惠久，南楚受欺频。

善恶吟

君子学道则务本，小人见利则忘生。
务本则非礼不动，见利则非贿不行。

所学吟

人之所学，本学人事。人事不修，无学何异！

君子行

何者为君子，君子固可修。是知君子途，使人从之游。
与义不与利，记恩不记仇。扬善不扬恶，主喜不主忧。

思省吟

仲尼再思，曾子三省。予何人哉？敢忘修整。

梁燕吟

物情谁道尔无知，秋去春来不失期。
今岁新雏又成就，去时宁不重依依。

邹田二忌

邹田二忌不相能，买卜之言恶足明。
利害伤真至于此，姓田人去恨难平。

孙庞二将

孙膑伏兵称有法，庞涓钻火一何愚。
兵家诡诈尽如此，利害今人自不殊。

一言感人

为女不嫁，为士不官。齐人一言，田子辞焉。

四公子吟

时去三王，事归五霸。七雄既争，四子乃诧。
孟尝居先，信陵居亚。平原居中，春申居下。

淳于髡酒谏

赐酒于君，饮不知味。执法在前，恐惧无既。
当此之时，一斗而醉。宗族满堂，既孝且悌。
尊卑以亲，少长有齿。当此之时，二斗而醉。
宾之初筵，跄跄济济。献酬百拜，升降有礼。
当此之时，三斗而醉。里闬过从，如兄如弟。
时和岁丰，情怀欢喜。当此之时，五斗而醉。
朋友往还，讲道求义。乐事赏心，登山临水。
当此之时，八斗而醉。男女杂坐，杯觞不记。

灯烛明灭，衣冠倾圯。当此之时，一石而醉。

东海有大鱼

东海有大鱼，网罟无能近。砀然一失水，蝼蚁得而困。

土木偶人

土木偶人，慎无相笑。天将大雨，止可相吊。

辨谤吟

田丹功益国，貂勃语回君。谤者古来有，犹能杀九人。

三皇吟

三皇之世正熙熙，鸟鹊之巢俯可窥。
当日一般情味好，初春天气早晨时。

五　帝

五帝之时似日中，声明文物正融融。
古今世盛无如此，过此其来便不同。

三　王

三王之世正如秋，权重权轻事有由。
深谷为陵岸为谷，陵迁谷变不知休。

五 伯

五伯之时正似冬，虽然三代莫同风。
当初管晏权轻重，父子君臣尚且宗。

七 国

七国纵横事可明，苏张得路信非平。
当初天下如何尔，市井之人为正卿。

扫地吟

管晏治时犹有体，苏张用处更无名。
三皇五帝从何出，扫地中原俟太平。

天人吟

羲轩尧舜虽难复，汤武桓文尚可循。
事既不同时又异，也由天道也由人。

利害吟

兔犬俱毙，蚌鹬相持。田渔老父，坐而利之。

时 吟

骐骥壮时，千里莫追。及其衰也，驽马先之。
时与事会，谈笑指挥。时移事去，虽死奚为！

二说吟

治不变俗，教不易民。甘龙之说，亦或可循。
常人习俗，学者溺闻。商鞅之说，异乎所云。

言行吟

言不失仁，行不失义。自天佑之，吉无不利。
言与仁背，行与义乖。天且不佑，人能行哉！
有商君者，贼义残仁。为法自弊，车分其身。
始知行义修仁者，便是延年益寿人。

治乱吟

财利为先，笔舌用事。饥馑相仍，盗贼蜂起。
孝悌为先，日月长久。时和岁丰，延年益寿。

太平吟

老者得其养，幼者得其仰。劳者得其饷，死者得其葬。

商君吟

商鞅得君持法处，赵良终日正言时。
当其命令炎如火，车裂如何都不知。

能怀天下心

能怀天下心，肯了人间事。岂止求于今，求古亦未易。

始皇吟

并吞天下九千日，一统寰中十五年。
坑血未干高祖至，骊山丘垅已萧然。

有妄吟

作伪少阴德，饰非多隐情。人心虽暧昧，天道自分明。
手足既皆露，语言安足凭！

乾坤吟

用九见群龙，首能出庶物；用六利永贞，因乾以为利。
四象以九成，遂为三十六；四象以六成，遂成二十四。
如何九与六，能尽人间事！

皇极经世一元吟

天地如盖轸，覆载何高极。日月如磨蚁，往来无休息。
上下之岁年，其数难窥测。且以一元言，其理尚可识。
一十有二万，九千余六百。中间三千年，迄今之陈迹。
治乱与废兴，著见于方策。吾能一贯之，皆如身所历。

应龙吟

龙者阳类，与时相须。首出庶物，同游六虚。
能潜能见，能吸能呼。能大能小，能有能无。

何处是仙乡

何处是仙乡，仙乡不离房。眼前无冗长，心下有清凉。
静处乾坤大，闲中日月长。若能安得分，都胜别思量。

谢宋推官惠白牛

毛如霜雪眼如朱，耳角方齐三尺余。
状异不将耕旷土，性驯宜用驾安车。
水边牧处龙能扰，月下牵时兔可驱。
从此洛阳图灯上，丹青人更著功夫。

依韵和王安之少卿六老诗仍见率成七首

六老皤然鬓似霜，纵心年至又非狂。
园池共避何妨胜，樽俎相欢未始忙。
杖屦烂游千载运，衣巾浓惹万花香。
过从见率添成七，况复秋来亦渐凉。

六老相陪卿与郎，闲曹饶却不清狂。
过从无事易成乐，职局向人难道忙。
烟柳嫩垂低更绿，露桃红浥暖仍香。
乘春醉卧花阴下，恰到花阴别是凉。

六翁谁让少年场，老不羞人任意狂。
同向静中观物动，共于闲处看人忙。
天心月满蟾蜍动，水面风微菡萏香。
肯信人间有忧事，新醅正熟景初凉。

六人相聚会时康，著甚来由不放狂。
遍地园林同已有，满天风月助诗忙。
文章高摘汉唐艳，骚雅浓熏李杜香。
水际竹边闲适处，更无尘事只清凉。

六客同游一醉乡，又非流俗所言狂。
追游共喜清平久，唱和争寻惊策忙。
荐酒月陂林果熟，发茶金谷井泉香。
千年松下麈谈尘，襟袖无风亦自凉。

见率野人成七老，野人唯解野疏狂。
编排每日清吟苦，趁办递年闲适忙。
夏末喜尝新酒味，春初爱嗅早梅香。
问君何故须如此，不奈心头一点凉。

林下狂歌不帖腔，帖腔安得谓之狂。
小车行处莺花闹，大笔落时神鬼忙。
门掩柴荆阛阓远，墙开瓮牖薜萝香。
一般天下难寻物，洛浦清风拂面凉。

依韵和张静之少卿惠文房三物

文房三物品皆精，报谢愁无秀句成。
欲状升平在歌颂，奈何才不逮升平。

依韵和王安之少卿谢富相公诗

宠辱见多恶足惊，出尘还喜自诚明。
闲中气象乾坤大，静处光阴宇宙清。

素业经纶无少愧，全功天地不虚生。
野人何幸逢昌运，一百余年天下平。

安乐窝前蒲柳吟

安乐窝前小曲江，新蒲细柳年年绿。
眼前随分好光阴，谁道人生多不足！

瓮牖吟

瓮破已甘弃，言收用有方。用时须藉口，照处便安床。
不假轩窗力，能回日月光。清平卧其下，自可比羲皇。

人生长有两般愁

人生长有两般愁，愁死愁生未易休。
或向利中穷力取，或于名上尽心求。
多思唯恐晚得手，未老已闻先白头。
我有何功居彼上，其间掉臂独无忧。

自　咏

天下更无双，无知无所长。年颜李文爽，风度贺知章。
静坐多茶饮，闲行或道装。傍人休用笑，安乐是吾乡。

中秋月

一年一度中秋夜，十度中秋九度阴。
求满直须当夜半，要明仍候到天心。
无云照处情非浅，不睡观时意更深。

徒爱古人诗句好，何堪千里共如今。

小车吟

春暖秋凉兼景好，年丰身健更时和。
如茵草上轻轻碾，似锦花间慢慢拖。

昼 梦

梦里到乡关，乡关二十年。依稀新国土，隐约旧山川。
身已烟霞外，人家道路边。觉来犹在目，一饷但萧然。

晚步洛河滩

晚步洛河滩，河滩石万般。青黄有长短，大小或方圆。
考彼多无数，求其用实难。琅玕在何处？止可使人叹。

和李文思早秋五首

一雨洗觚棱，三川气象清。林风传颢气，木叶送商声。
忽忽莲生的，看看菊吐英。太平时里老，何以报虚生！

径小新经雨，庭幽遍有苔。风前闲意思，阶下静徘徊。
不分筋骸老，难甘岁月催。时时藉芳草，赖有酒同杯。

土金秋已至，烁石景方阑。直养能希孟，闲居肯让潘。
竹间风彗彗，松罅月团团。洛社多贤友，人人可共欢。

池畔拖垂柳，栏边笑晚花。败荷倾敝盖，老桧露枯槎。
岁暮惊时态，年高惜物华。东陵风未替，解忆故园瓜。

日脚云微淡，林梢叶渐黄。可堪须变色，彻了为侵霜。
酒到难成醉，风来易得凉。老年何所欲，唯愿且平康。

尧夫何所有

尧夫何所有？一色得天和。夏住长生洞，冬居安乐窝。
莺花供放适，风月助吟哦。窃料人间乐，无如我最多。

长忆乍能言

长忆乍能言，朝游父母前。方行初下膝，既老遂华颠。
在昔四五岁，于今六十年。却看儿女戏，又喜又潸然。

答友人

何者名为善处身，非谁能武又能文。
可行可止存诸己，或是或非系在人。
遍数古来贤所得，历观天下事须真。
吉凶悔吝生乎动，刚毅木讷近于仁。
易地皆然休计较，不言而信省开陈。
虽居蛮貊亦行矣，无患乡闾情未亲。

独坐吟

天告自丁宁，人多不肯听。四时皆有景，万物岂无情！
祸福眼前事，是非身后名。谁能事闲气，浪与世人争！

又

天意自分明，人多不肯行。莺花春乍暖，风月雨初晴。
静坐澄思虑，闲吟乐性情。谁能事闲气，浪与世人争！

意未萌于心

意未萌于心，言未出诸口。神莫得而窥，人莫得而咎。
君子贵慎独，上不愧屋漏。人神亦吾心，口自处其后。

自适吟

郏鄏城中，凤凰楼下。风月庭除，莺花台榭。
时和岁丰，闲行静坐。朋好身安，清吟雅话。

老翁吟

皤然一老翁，凡百事皆慵。旧物不尽记，故人难得逢。
幽花浑在雾，残梦半随风。只且愿天下，时和与岁丰。

铁如意吟

此物铁为之，何尝肯妄持？辰随大氅子，永伴小车儿。
击碎珊瑚处，敲残牙齿时。谁能学此辈，才始入鞭笞。

道装吟（四首）

道家仪用此衣巾，只拜星辰不拜人。
何故尧夫须用拜，安知人不是星辰！

安车尘尾道衣装，里闬过从乃是常。
闻说洞天多似此，吾乡殊不异仙乡。

如知道只在人心，造化功夫自可寻。
若说衣巾便为道，尧夫何者敢披襟！

四者吟

目时然后视，耳时然后听。口时然后言，身时然后行。
前不见厚禄，后不见重兵。唯其义所在，安知利与名！

偶得吟

壮岁若奔驰，随分受官职。所得唯锱铢，所丧无纪极。
今日度一朝，明日过一夕。不免如路人，区区被劳役。

四事吟

会有四不赴，时有四不出[①]。
无贵亦无贱，无固亦无必。
里闬闲过从，身安心自逸。
如此三十年，幸逢太平日。

①原注：公会、生会、广会、醵会；大寒、大暑、大风、大雨。

伊川击壤集卷之十四

伊 川 邵 雍 尧夫

偶书

美食无使餍，餍则不能受。善人无使倦，倦则不能久。
官小拜人喜，官高拜人耻。官职自外来，中心何若此。
贤德之人，所居之处，如芝如兰，使人爱慕。
凶恶之人，所居之处，如虎如狼，使人怕怖。

妻强夫殃，奴强主殃，臣强君殃。尾大于身，
冰坚于霜。辨之不早，国破家亡。

才高命寡耻，耻居人下。若不固穷，非知道者。

王胜之谏议见惠文房四宝，内有巨砚尤佳，因以谢之

铜雀或常闻，未尝闻金雀。始愧林下人，识物不甚博。
金雀出何所，必出自灵岳。剪断白云根，分破苍岑角。
既为之巨砚，遂登于纶阁。水贮见温润，墨发知浼濯。
窗下喜鉴开，案前惊月落。见赠何殷勤，欲报须和璞。
胡为不且留，洪化用斟酌。胡为不且留，贤人用选擢。
胡为不且留，奸人用诛削。胡为不且留，生灵用安泊。
则予何人哉，拜贶徒惊矍。须是笔如椽，方能无厚怍。

奉答尧夫先生金雀石砚诗　益柔

般阳有山名金雀，山发清辉产奇璞。
望气尝言玉宝藏，贾胡几遣良工度。
金刚宝钻竞穷搜，百里青苍困镵凿。
琼瑰未获得研材，温润还将六美学。
有若玉徽琴面莹，有如金弹陶轮著[①]。
规天矩地形制毓，中或辟流外圭角。
晴窗气暖墨花春，笺襞毫奔光照灼。
吾生嗜好唯四物，累载哀鸠盈机格。
先生闭户口著书，朝餐每不餍藜藿。
高闳粱肉虽有余，孰敢就谏赒隐约。
先生固自尝有言，不忍将身作沟壑。
先生崖岸高莫攀，持此谓宜无见却。
一留为惠固已多，敢冀新诗旋踵作。
精深雅健道风骚，使我忧荒忽惊矍。
还如甘露醒心昏，更似神篦除眼膜。
先生精义已入神，准易时容见涯略。

①原注：是山有蕴玉、金星二石中砚。

再用“晴窗气暖墨花春”
谢王胜之谏议惠金雀砚

砚名金雀世难伦，用报惭无天下珍。
国士有诗偏雅处，晴窗气暖墨花春。

奉和尧夫　益柔

固穷终不悔沉沦，满腹深藏上古珍。
手写新诗成几卷，亦教余事照千春。

题范忠献公真

范邵居洛阳，希夷居华山。陈邵为逸人，忠献为显官。
邵在范之后，陈在范之前。三人貌相类，两人名相连。

观物吟

时有代谢，物有枯荣。人有盛衰，事有废兴。

对花吟

美酒岂无留客饮，好花犹解向人开。
多情不忍阻花意，未醉何须辞满杯。

义利吟

意不若义，义不若利。利之使人，能忘生死。
利不若义，义不若意。意之使人，能动天地。

代简谢朱殿直赠长韵诗

殷勤见赠用长篇，里闬过从积有年。
岁事报成还报始，春华相次又暄妍。

试　笔

心在人躯号太阳，能于事上发辉光。
如何皎日照八表，得似灵台高一方。
家用平康贫不害，身无疾病瘦何妨。
高吟大笑洛城里，看尽人间手脚忙。

试　砚

富贵傲人人未信，还知富贵去如何！
常观静处光阴好，亦恐闲时思虑多。
日出自然天不暗，风来安得水无波。
世间大有平田地，因甚须由捷径过。

问调鼎

请将调鼎问于君，调鼎功夫敢预闻。
只有盐梅难尽善，岂无姜桂助为辛！
和羹必欲须求美，众口如何便得均。
慎勿轻言天下事，伊周殊不是庸人。

读古诗

闲读古人诗，因看古人意。古今时虽殊，其意固无异。
喜怒与哀乐，贫贱与富贵。惜哉情何物，使人能如是？

蠹书鱼

形状类于鱼，其心好蠹书。居常游箧笥，未始在江湖。

为害千般有，言烹一物无。年年当盛夏，晒了却如初。

岁俭吟

岁俭心非俭，家贫道不贫。谁知天地内，别有好乾坤。

极 论

下有黄泉上有天，人人许住百来年。
还知虚过死万遍，都似不曾生一般。
要识明珠须巨海，如求良玉必名山。
先能了尽世间事，然后方言出世间。

求鉴吟

人无鉴流水，当求鉴止水。流水无定形，止水有定体。
人无鉴于水，当求鉴于人。水鉴见人貌，人鉴见人神。

学佛吟

饱食丰衣不易过，日长时节奈愁何。
求名少日投宣圣，怕死老年亲释迦。
妄欲断缘缘愈重，侥求去病病还多。
长江一片常如练，幸自无风又起波。

霜露吟

天地有润泽，其降也瀼瀼。暖则为湛露，寒则为繁霜。
为露万物悦，为霜万物伤。二物本一气，恩威何昭彰。

天命吟

可委者命，可凭者天。人无率尔，事不偶然。

性情吟

践形治性，践迹治情。贤人践迹，圣人践形。

心迹吟

圣人了心，贤人了迹。了心无穷，了迹无极。

观物吟

物不两盛，事难独行。荣瘁迭起，贤愚并行。

思虑吟

思虑未起，鬼神莫知。不由乎我，更由乎谁?

代书答朝中旧友

少日治文章，亦曾观国光。山林虽不返，畎亩未尝忘。
麋鹿宁无志，鹓鸿自有行。还知今日事，大故索思量。

冬不出吟

冬非不欲出，欲出苦日短。年老恐话长，天寒怕归晚。
山翁头有风，乡友情非浅。必欲相招延，春光况不远。

观物吟

地以静而方，天以动而圆。既正方圆体，还明动静权。
静久必成润，动极遂成然。润则水体具，然则火用全。
水体以器受，火用以薪传。体在天地后，用起天地先。

家国吟

邪正异心，家国同体。邪能败亡，正能兴起。

邪正吟

贤人好正，奸人好邪。好邪则竞，好正则和。

义利吟（二首）

君子尚义，小人尚利。尚利则乱，尚义则治。
人作者事，天命者时。时来易失，事去难追。

恩义吟

恩深者亲，义重者君。恩义两得，始谓之人。

闲步吟

何者谓知音？知音难漫寻。既无师旷耳，安有伯牙琴？
虽逼桑榆景，宁忘松桂心。独行月堤上，一步一高吟。

坐右吟

万物备于身，直须资养深。因何为宝鉴，只被用精金。
酒少如茶饮，诗多似史吟。颜渊方内乐，天下事难任。

感雪吟

旨酒嘉肴与管弦，通宵鼎沸乐丰年。
侯门深处还知否？百万流民在露天。

六十五岁新正自贻

（熙宁八年）

予家洛城里，况在天津畔。行年六十五，当宋之盛旦。
南园临通衢，北圃仰双观。虽然在京国，却如处山涧。
清泉篆沟渠，茂木绣霄汉。凉风竹下来，皓月松间见。
面前有芝兰，目下无冰炭。坐上有余欢，胸中无交战。
冬夏既不出，炎凉徒自变。荣辱既不入，富贵徒自炫。
恶闻人之恶，乐道人之善。不行何趑趄，勿药何瞑眩。
谁谓金石坚，其心亦能断。谁谓鬼神灵，其诚亦能贯。

小车六言吟

昔人乘车是常，今见乘车仓皇。既有前车戒慎，岂无覆辙兢庄？
将出必用茶饮，欲登先须道装。轸边更挂诗帙，辕畔仍悬酒缸。
轮缓为移芳草，盖低因碍垂杨。水际尤宜稳审，花间更要安详。
朝出频经履道，晚归屡过平康。春重纵观明媚，秋深饫看丰穰。
五凤楼前月色，天津桥上风凉。金谷园中流水，魏王堤外修篁。
静处光阴最好，闲中气味偏长。所经莫不意得，所见无非情忘。

或见农人拥耒，或见蚕女求桑。或见蘼芜遍野，或见蒺藜满墙。
或见荆棘茂密，或见芝兰芬芳。或见鸡豚狗彘，或见雕鹗鸾凰。
恶者既不见害，善者固无相伤。华岳三峰岌嶪，黄陂万顷汪洋。
不为虚作男子，无负闲居洛阳。天地精英多得，尧夫老去何妨！

安乐吟

安乐先生，不显姓氏。垂三十年，居洛之涘。
风月情怀，江湖性气。色斯其举，翔而后至。
无贱无贫，无富无贵。无将无迎，无拘无忌。
窘未尝忧，饮不至醉。收天下春，归之肝肺。
盆池资吟，瓮牖荐睡。小车赏心，大笔快志。
或戴接篱，或著半臂。或坐林间，或行水际。
乐见善人，乐闻善事。乐道善言，乐行善意。
闻人之恶，若负芒刺。闻人之善，如佩兰蕙。
不佞禅伯，不谀方士。不出户庭，直际天地。
三军莫凌，万钟莫致。为快活人，六十五岁。

瓮牖吟

有客无知，唯知自守。自守无他，唯求寡咎。
有屋数间，有田数亩。用盆为池，以瓮为牖。
墙高于肩，室大于斗。布被暖余，藜羹饱后。
气吐胸中，充塞宇宙。笔落人间，晖映琼玖。
人能知止，以退为茂。我自不出，何退之有？
心无妄思，足无妄走。人无妄交，物无妄受。
炎炎论之，甘处其陋。绰绰言之，无出其右。
羲轩之书，未尝去手。尧舜之谈，未尝虚口。
当中和天，同乐易友。吟自在诗，饮欢喜酒。
百年升平，不为不偶。七十康强，不为不寿。

盆池吟

有客无知，唯知不为。不为无他，唯求不欺。
我有人是，人无我非。因开瓮牖，遂凿盆池。
都邑地贵，江湖景奇。能游泽国，不下堂基。
帘外青草，轩前黄陂。壶中月落，鉴里云飞。
既有荷芰，岂无亮蒄。既有蝌蚪，岂无蛟螭？
亦或清浅，亦或渺弥。亦或渌净，亦或涟漪。
风起苹藻，凉生袖衣。林宗何在，范蠡何归？
密雪霏霏，轻水披披。垂柳依依，细雨微微。
可以观止，可以忘机。可以照物，可以看时。
不乐乎我，更乐乎谁？吾于是日，再见伏羲。

小车吟

有客无知，唯知有家。有家能归，其归非遐。
灵台莹静，天壤披葩。书用大笔，出乘小车。
身为男子，生于中华。又居洛阳，为幸何多。
天地中央，帝王贞宅。汉唐遗烈，气象自佳。
圣贤区宇，士人渊薮。仁义场圃，闻见无涯。
里巷相切，亲朋相过。人疑日驭，我谓星查。
或游金谷，或泛月波，或经履道，或守铜驼。
进退云水，舒卷烟霞。揄扬风月，抬帖莺花。
性喜饮酒，饮喜微酡。饮未微酡，口先吟哦。
吟哦不足，遂及浩歌。浩歌不足，无可奈何。

大笔吟

有客无知，为性太质。不忮不求，无固无必。

足蹑天根，手探月窟。所得之怀，尽赋于笔。
意远情融，气和神逸。酒放微醺，绡铺半匹。
如风之卒，如云之勃。如电之欻，如雨之密。
或往或还，或没或出。涤荡氛埃，廓开天日。
鸾凤翱翔，龙蛇盘屈。春葩暄妍，秋山崒屼。
三千簪裾，俯循儒术。百万貔貅，仰听军律。
松桂成林，芝兰满室。蜀锦初番，朝霞乍拂。
白璧一双，黄金百镒。羲之来求，牧之来乞。
物外神交，人间事毕。观者析酲，收之愈疾。

伊川击壤集卷之十五

伊　川　邵　雍　尧夫

观《易》吟

一物其来有一身，一身还有一乾坤。
能知万物备于我，肯把三才别立根。
天向一中分体用①，人于心上起经纶。
天上焉有两般义②，道不虚行只在人。

①原注：又云“造化”。②原注：又云“事”。

观《书》吟

吁嗟四代帝王权，尽入区区一旧编。
或让或争三万里，相因相革二千年。
唐虞事业谁能继，汤武功夫世莫传。
时既不同人又异，仲尼恶得不潸然。

观《诗》吟

爱君难得似当时，曲尽人情莫若诗。
无雅岂明王教化，有风方识国兴衰。
知音未若吴公子，润色曾经鲁仲尼。
三百五篇天下事，后人谁敢更讥非！

观《春秋》吟

堂堂王室寄空名，天下无时不战争。
灭国伐人虽恐后，寻盟报役未尝宁。
晋齐命令炎如火，文武资基冷似冰。
唯有感麟心一片，万年千载若丹青。

观三皇吟

许大乾坤自我宣，乾坤之外复何言。
初分大道非常道，才有先天未后天。
作法极微难看迹，收功最久不知年。
若教世上论勋业，料得更无人在前。

观五帝吟

进退肯将天下让，着何言语状雍容。
衣裳垂处威仪盛，玉帛修时意思恭。
物物尽能循至理，人人自愿立殊功。
当时何故得如此，只被声明类日中。

观三王吟

一片中原万里余，殆非孱德所宜居。
夏商正朔犹能布，汤武干戈未便驱。
泽火有名方受革，水天无应不成需。
详知[①]仁义为心者，肯作人间浅丈夫。

①原注：又云“请观”。

观五伯吟

刻意尊名名愈亏，人人奔命不胜疲。
生灵剑戟林中活，公道货财心里归。
虽则饩羊能爱礼，奈何鸣凤未来仪。
东周五百余年内，叹息唯闻一仲尼。

观七国吟

当其末路尚纵横，仁义之言固不听。
肯谓破齐存即墨，能胜坑赵尽长平。
清晨见鬼未为怪，白日杀人奚足惊。
加以苏张掉三寸，扼喉其势不俱生。

观嬴秦吟

轰轰七国正争筹，利害相磨未便休。
比至一雄心底定，其如四海血横流。
三千宾客方成梦，百二山河又变秋。
谩说罢侯能置守，赵高元不是封侯。

观两汉吟

秦破河山旧战场，岂期民复见耕桑！
九千来里开封域，四百余年号帝王。
剥丧既而遭莽卓，经营殊不念高光。
当时文物如斯盛，城复何由更在隍？

观三国吟

桓桓鼎峙震雷音，绝唱高踪没处寻。
箫鼓一方情未畅，弓刀万里力难任。
论兵狼石宁无意，饮马黄河徒有心。
虽曰天时亦人事，谁知虑外失良金。

观西晋吟

承平未必便无忧，安若忘危非善谋。
题品人材凭雅诮，雌黄时事用风流。
有刀难剖公闾腹，无木可枭元海头。
祸在夕阳亭一句，上东门啸浪悠悠。

观十六国吟

溥天之下号寰区，大禹曾经治水余。
衣到弊时多虮虱，瓜当烂后足虫蛆。
龙章本不资狂寇，象魏何尝荐乱胡。
尼父有言堪味处，当时欠一管夷吾。

观南北朝吟

方其天下分南北，聘使何尝绝往还。
偏霸尚存前典宪，小康犹带旧腥膻。
洛阳雅望称崔浩，江表奇才服谢安。
二百四年能并辔，谩将夷虏互为言。

观隋朝吟

始谋当日已非臧，又更相承或自戕。
蚊蝼人民贪土地，泥沙金帛悦姬姜。
征辽意思靡荒服，泛汴情怀厌未央。
三十六年都扫地，不然天下未归唐。

观有唐吟

天生神武奠中央，不尔群凶未易攘。
贞观若无风凛凛，开元安有气扬扬？
凭高始见山河壮，入夏方知日月长。
三百年间能浑一，事虽成往道弥光。

观五代吟

自从唐季坠皇纲，天下生灵被扰攘。
社稷安危悬卒伍，朝廷轻重系藩方。
深冬寒水固不脱，未旦小星犹有光。
五十三年更五姓，始知除扫待真王。

观盛化吟（二首）

纷纷五代乱离间，一旦云开复见天。
草木百年新雨露，车书万里旧山川。
寻常巷陌犹簪绂，取次园亭亦管弦。
人老太平春未老，莺花无害日高眠。

吾曹养拙赖明时，为幸居多宁不知。

天下英才中遁迹，人间好景处开眉。
生来只惯见丰稔，老去未尝经乱离。
五事历将前代举，帝尧而下固无之①。

①原注：一事：革命之日，市不易肆；二事：以据天下在即位后；三事：未尝杀一无罪；四事：百年方四叶；五事：百年无腹心患。

喜老吟

几何能鬓得如丝，安用区区镊白髭。
在世上官虽不做，出人间事却能知。
待天春暖秋凉日，是我东游西泛时。
多少宽平好田地，山翁方始会开眉。

瞻礼孔子吟

执卷何人不读书，能知性者又何如。
工居天下语言内，妙出世间绳墨余。
陶冶有无天事业，权衡治乱帝功夫。
大哉赞易修经意，料得生民以后无。

还圆益上人诗卷

瓶锡相从更一巾，一巾曾拂十州尘。
心通佛性久无碍，口道儒言殊不陈。
吴越江山前日事，伊嵩风月此时身。
闲行坐闲松阴下，应恃眼明长笑人。

天人吟

知尽人情天岂异，未知何啻隔天地！

少时气锐未更谙，不信人间有难事。
知尽人情与天意，合而言之安有二？
能推己心达人心，天下何忧不能治！

锦屏春吟

锦屏山下有家园，每岁家园过禁烟。
早是三春天气好，那堪百里主人贤。
同于一派水边饮，醉向万株花底眠。
明日归鞍遂东指，上阳风景更暄妍。

乐春吟

四时唯爱春，春更爱春分。有暖温存物，无寒著莫人。
好花万蓓蕾，美酒正轻醇。安乐窝中客，如何不半醺！

观物吟四首

日月无异明，昼夜有异体。人鬼无异情，生死有异理。
既未能知生，又焉能知死。既未能事人，又焉能事鬼！

莺蝉体既分，安用苦云云。气盛有余力，声销无异闻。
时来由自己，势去属他人。莫非伤心事，伤心不益身。

古今情一也，能处又何难。识事事非易，知人人所艰。
多疑亏任用，轻信失防闲。尧舜其犹病，何尝无大奸！

人之耳所闻，不若目亲照。耳闻有异同，目照无多少。
并弃耳目宫，专用舌口较。不成天下功，止成天下笑。

人贵有精神吟

人贵有精神，精神多不醇。有精神而醇，为第一等人。
不醇无义理，是非随怒喜。怒以是为非，喜以非为是。
怒是善人疏，喜非小人比。败国与亡家，鲜有不由此。
娶妻娶柔和，嫁夫嫁才美。安得正妇人，作配真男子。

义利吟

贲于丘园，束帛戋戋。义既在前，利在其间。
舍尔灵龟，归我朵颐。义既失之，利何能为？
尚义必让，君子道长。尚利必争，小人道行。

小车初出吟

物外洞天三十六，都疑布在洛阳中。
小车春暖秋凉日，一日止能移一宫。

府尹王宣徽席上作二首

留都三判主人翁，大第名园冠洛中。
又喜一年春入手，万花香照酒卮红。

纷纷又过一年春，牢落情怀酒漫醇。
满眼暄妍都去尽，樽前唯忆旧交亲。

春暮答人吟

相违经岁意何如？漫说为邻德不孤。

咫尺洛阳春已尽，过从能忆旧时无。

天津闻乐吟

名园相倚洛阳春，巷陌无尘罗绮新。
何处青楼隔桃李，乐声时复到天津。

春暮吟

有意杨花空学雪，无情榆荚漫堆钱。
穷愁不服春辜负，酒病依还似去年。

自问二首

因甚年来可作诗，奈何人老又春归。
流莺不忍花离披，啼到黄昏犹自啼。

年来因甚可吟诗，桃李无言莺有辞。
啼到黄昏犹自啼，奈何人老又春归。

和成都俞公达运使见寄

前年车从过天津，花底当时把酒频。
此日锦城花烂漫，何尝更忆洛城春！

吴越吟二首

乙未阖庐凌楚岁，戊辰勾践破吴时。
正如当日乘虚事，三十四年人不知。

夫差丁未曾囚越，勾践戊辰还灭吴。
二十二年时返复，一如当日却乘虚。

属事吟

鷦鷯分寄一枝巢，不信甘言便易骄。
当力尚难超北海，去威何足动鸿毛。
愿将意情分明谢，肯把恩光取次烧。
天宠居多为幸久，春花无奈正夭饶。

兴亡吟二首

孙陈李三人，亡国体相似。虽然少有文，何复语英气？
曹刘孙三人，兴国体相似。虽然小有才，何复语命世？

文武吟

既为文士，必有武备。文武之道，皆吾家事。

善恶吟二首

瞽鲧有子，尧舜无嗣。余庆余殃，何故如此？
尧舜无子，瞽鲧有嗣。福善祸淫，何故如此？

责己吟

不为十分人，不责十分事。既为十分人，须责十分是。

无疾吟

无疾之安，无灾之福。举天下人，不为之足。

四者吟

财色名势，为世所亲。四者不动，然后见人。

恩怨吟

人之常情，无重于死。恩感人心，死犹有喜。
怨结人心，死犹未已。恩怨之深，使人如此。

秦川吟二首

当时马上过秦川，倏忽于今二十年。
因见夫君话家住，依稀记得旧风烟。

秦川两汉帝王区，今日关东作帝都。
多少圣贤存旧史，夕阳唯只见荒芜。

和绛守王仲贤郎中

为郎得绛分铜虎，见寄诗中非浪夸。
地上尚传唐草木，山川犹起晋云霞。
园池富有吟供笔，风俗淳无讼到衙。
太守下车民受赐，一心殊不负官家。

日月吟

月明星自稀，日出月亦微。既有少正卯，岂无孔仲尼？

水旱吟二首

尧水九年，汤旱七载。调燮之功，此时安在？
九年洪水，七年大旱。非尧与汤，民死过半。

老去吟二首

使吾却十岁，亦可少集事。奈何天地间，日无再中理。
吾今六十六，衰老何可拟。志逮力不逮，人共知之矣。

人事吟

索链无和事，难知莫若人。人情随手别，事体到头均。

不同吟

求者不得，辞者不能。二者相去，其远几程？

贪义吟

贪人无恶，其过莫大。贪人之善，是亦为罪。

月新吟

月新与月残，形状两相似。奈何人之情，初见自欢喜。

和内乡李师甫长官见寄二首

虽未似神仙，能逃暑与寒。何尝无水竹，未始离林峦。
道不同新学，才难动要官。时和岁丰后，亦自有余欢。

岁丰时又康，为邑在南阳。不废吏民事，得游云水乡。
春输桃李艳，风荐蕙兰香。太守兼贤杰，且无奔走忙。

内乡天春亭

内乡有园名天春，春时桃李如彩云。
邑民携觞连帘幕，或歌或舞何欢欣。
县尹中间意自若，直谓前世无古人。
牡丹百品红与紫，华而不实徒纷纭。

内乡兼隐亭

兼隐诧来书，于时特起予。民淳无讼听，县僻类山居。
簿领杯盘外，官联谈笑余。不知当此际，傍邑更谁如?

李少卿见招代往吟

洛城春去会仙才，春去还惊夏却来。
微雨过牡丹初谢，轻风动芍药才开。
绿杨阴里拥樽罍，身健时康好放怀。

病酒吟

年年当此际，酒病掩柴扉。早是人多感，那堪春又归。
花残蝴蝶乱，昼永子规啼。安得如前日，和风初扇微!

争让吟

有让岂无争，无沿安有革？争让起于心，沿革生于迹。
羲轩让以道，尧舜让以德。汤武争以功，桓文争以力。

谢王谏议见思吟三首

西斋前后半松筠，万虑澄余始见真。
不谓天光明净处，又能时忆旧交新。

依韵和任司封见寄吟三首

王侯贵盛不胜言，图画中山得一观。
不似夫君行坐看，贪嵩又更爱天坛。

高楼百尺破危空，天淡云闲看帝功。
更上一层情未快，思君不见见乔嵩。

辞麾来此住云霄，闻健登临肯惮劳。
紫陌事多都不见，家山围绕是嵩高。

伊川击壤集卷之十六

伊　川　邵　雍　尧夫

答人吟

筋骸得似当年否，气血能如旧日无。
却喜一般增长处，樽前谈笑有工夫。

岁寒吟

松柏入冬看，方能见岁寒。声须风里听，色更雪中观。

依韵谢任司封寄逍遥枕吟

夫君惠我逍遥枕，恐我逍遥迹未超。
形体逍遥终未至，更加魂梦与逍遥。

齐郑吟

子产何尝辞郑小，晏婴殊不愿齐衰。
二贤生若得其地，才业当为王者师。

代书寄吕库部

周王八骏走天涯，争似君家四宝奇。
郑洛风烟虽咫尺，恨无由往一观之。

和王安之少卿雨后

焦劳九夏余，一雨物皆苏。蛙鼓不足听，蚊雷未易驱。
非唯仰岁给，抑亦了官输。林下闲游客，何妨尽自愉。

和和丞制见赠

自度无能处世间，经冬经夏掩柴关。
青云路稳无功上，翠竹丛疏有分闲。
犹许艳花酬素志，更将佳酒发酡颜。
年来老态非常甚，长惧英才未易攀。

清和吟

清而不和，隘而多鄙。和而不清，慢而鲜礼。
既和且清，义无定体。时行则行，时止则止。

异同吟

俊快伤灭裂，厚重伤滞泥。趋造随所尚，不免有同异。
异己必为非，同己必为是。是非战异同，终身不知义。

即事吟

生求媚于人，死求媚于鬼。媚人幸富贵，媚鬼免罪戾。
生死虽殊途，人鬼岂异理？哀哉过用心，妄意何时已？

观物吟

耳目聪明男子身，洪钧赋与不为贫。
因探月窟方知物，未蹑天根岂识人？
乾遇巽时观月窟，地逢雷处看天根。
天根月窟闲来往，三十六宫都是春。

淳厚吟

淳厚之人少秀慧，秀慧之人少审谛。
安得淳厚又秀慧，与之共话人间事。

对酒吟

有酒时时泛一瓯，年将七十待何求？
齿衰婚嫁尚未了，岁旱田园才薄收。
客去有时闲拱手，日高无事静梳头。
霜毛不止装诗景，更可因而入昼休。

秋怀吟

一番春了未多时，云外征鸿又报归。
节物眼前来若此，岁华头上去如斯。
当年志意虽然在，今日筋骸宁不衰。
赖有寸心常自喜，圣人难处却能知。

和王安之少卿秋游

春夏而来可作诗，虽然可作待何为？
屡空滥得同颜子，历物固难如惠施。
风月情怀无奈处，云山意思不胜时。
一歌一咏聊酬唱，敢拒安之与静之[①]！

①原注：张少卿湍，字静之。

和王安之同赴府尹王宣徽洛社秋会

后房深出会亲宾，乐按新声妙入神。
红烛盛时翻翠袖，画桡停处占青苹。
早年金殿旧游客，此日凤池将去人。
宅冠名都号蜗隐，邵尧夫敢作西邻。

负河阳、河清、济源三处之约以诗愧谢之[①]

秋霖积久泥正滑，念念何日天开晴？
亲朋延望固已甚，衰躯怯寒难远行。
一程相去虽不远，两次进行终未成。
二事交战乎胸中，隐几愁坐无由平。

①原注：韩持国、傅钦之、杜天经。

依韵和王安之少卿秋约吟

升沉恶足论，事体到头均。一片蓬蒿地，千年云水身。
收成时正好，寒暖气初匀。自此过从乐，诸公莫厌频。

长子伯温失解以诗示之

儒家所尚者，行善与文章。用舍何尝定，枯荣未易量。
千求便黾勉，得失是寻常。外物不可必，其言味甚长。

岁暮自贻吟

天道无长春，地道无常珍。须禀中和气，方生粹美人。
良田多黍稌，薄地足荆榛。樗栎蓬蒿类，止能充恶薪。
既为万物灵，须有万物粹。既无万物灵，徒分万物类。
欲出至珍言，须有至珍意。欲彰至美名，须作至美事。
济事为美事，悟主为珍意。奈何此二者，我独无一与。

君子饮酒吟

父慈子孝，兄友弟恭。家给人中，时和岁丰。
筋骸康健，里闬乐从。君子饮酒，其乐无穷。

读张子房传吟

汉室开基第一功，善哉能始又能终。
直疑后日赤松子，便是当年黄石公。
用舍随时无分限，行藏在我有穷通。
古人已死不复见，痛惜今人少此风。

观物吟（二首）

（熙宁九年）

柳性至柔软，一年长丈余。虽然易得荣，奈何易得枯。

百谷仰膏雨，极枯变极荣。安得此甘泽，聊且振群生。

治乱吟（五首）

乱多于治，害多于利。悲多于喜，
恶多于美。一阴一阳，奈何如此。

中原一片闲田地，曾示三皇与五帝。
三皇五帝子孙多，或贱或贫或富贵。

精义入神以致用，利用出入之谓神。
神无方而易无体，藏诸用而显诸仁。

火能胜水，火不胜水，其火遂灭。
水能从火，水不从火，其水不热。
夫能制妻，夫不制妻，其妻遂绝。
妻能从夫，妻不从夫，其妻必孽。

天能生而不能养，地能养而不能生。
火能烹而不能沃，水能沃而不能烹。
天地尚犹无全功，水火何由有全能？
得用二者交相养，反为二者交相凌。

三十年吟

比三十年前，今日为艰难。比三十年后，今日为安闲。
治久人思乱，乱久人思安。安得千年鹤，乘去游仙山。

思患吟

仆奴凌主人，夷狄犯中国。自古知不平，无由能绝得。

有病吟

身之有病，当求药医。药之非良，其身必亏。
国之有病，当求人医。人之非良，其国必危。
事之未急，当速改为。事之既急，虽悔难追。

对花吟

今年花似昔年开，今日人开昔日怀。
烦恼全无半掐子，喜欢长有百车来。
光阴已过意未过，齿发虽颓志未颓。
人问尧夫曾出否？答云方自洞天回。

自　述

春暖秋凉人半醉，安车尘尾闲从事。
虽无大德及生灵，且与太平装景致。

去事吟

君子去事，民有余祥。小人去事，民有余殃。

策杖吟

策杖南园或北园，春来尤足慰衰年。

初晴天气上元后，乍暖风光寒食前。
池岸微微装嫩草，林梢薄薄罩轻烟。
东君此际情何厚，非象之中正造妍。

不愿吟

不愿朝廷命官职，不愿朝廷赐粟帛。
唯愿朝廷省徭役，庶几天下少安息！

量力吟

量力动时无悔吝，随宜乐处省营为。
须求骐骥方乘马，亦恐终身无马骑。

戏答友人吟

邵尧夫者是何人？岁岁春秋来谒君。
车小半年行一转[①]，非如骏马走香尘。

①原注：余春秋一出。

偶得吟

皋陶遇舜，伊尹逢汤。武丁得傅，文王获姜。
齐知管仲，汉识张良。诸葛开蜀，玄龄启唐。

观事吟

一岁之事慎在春，一日之事慎在晨。
一生之事慎在少，一端之事慎在新。

知音吟

仲尼始可言无意，孟子方能不动心。
莫向山中寻白玉，但于身上觅黄金。
山中白玉有时得，身上黄金无处寻。
我辈何人敢称会，安知世上无知音！

观物吟

利轻则义重，利重则义轻。利不能胜义，
自然多至诚。义不能胜利，自然多忿事。

金玉吟

圣在人中出，心从行上修。金于沙里得，玉向石中求。

风霜吟

见风而靡者草也，见霜而陨者亦草也。
见风而鸣者松也，见霜而凌者亦松也。
见风而靡，见霜而伤，焉能为有，焉能为亡！

上下吟

自下观上，无限富贵。自上观下，无限贱贫。
自心观物，何物能一？自物观心，何心不均？

吾庐吟

吾庐虽小粗容身，且免轻为僦舍人。
大有世人无屋住，向人檐下索温存。

瀍河上观杏花

瀍河东看杏花开，花外天津暮却回。
更把杏花头上插，图人知道看花来。

娶妻吟

人之娶妻，容德威仪。倘或生子，不皋则夔。

好事吟

好事固难将力取，贤人须是著心求。
浮生日月无多子，时过千休复万休。

不再吟

春无再至，花无再开。人无再少，时无再来。

毛头吟（二首）

谁剪毛头谢陆沉，生灵肌骨有胜侵。
人间自有回天力，林下空多忧国心。
日过中时忧未艾，月几望处患仍深。
军中儒服吾家事，诸葛武侯何处寻！

忧国心深为爱君，爱君须更重于身。
口中讲得未必是，手里做成方始真。
妄意动时难照物，俗情私处莫知人。
厚诬天下凶之甚，多少英才在下尘。

六得吟

眼能识得，耳能听得。口能道得，手能做得。
身能行得，心能放得。六者尽能，与天同德。
饮食起居，出处语默。不止省心，又更省力。

盛衰吟

势盛举头方偃蹇，气衰旋踵却嗟吁。
厚诬天下称贤者，天下何尝可厚诬！

富贵吟

大舜与人同好恶，以人从欲得安乎？
能知富贵寻常事，富贵能骄非丈夫。

无妄吟

耳无妄听，目无妄顾。口无妄言，心无妄虑。
四者不妄，圣贤之具。予何人哉，敢不希慕！

善恶吟

人善不趋，己恶不除。谓之知道，不亦难乎！

春日园中吟

春暖游园乃是常，城中殊不异仙乡。
竹间日日同真侣，水畔时时泛羽觞。
雨后鸟声移树啭，风前花气触人香。
林间富贵一般乐，更纵其来更不妨。

解字吟

人言为信，日月为明。止戈为武，羔美为羹。

感事吟

芝兰种不荣，荆棘剪不去。二者无奈何，徘徊岁将暮。

穷达吟

穷不能卷，达不能舒。谓之知道，不亦难乎！

宇宙吟

宇宙在乎手，万物在乎身。绵绵而若存，用之岂有勤！

久旱吟

久旱望雨，久雨思晴。天之常道，人之常情。

成性吟

成性存存，用志不分。又何患乎，不到古人。

路径吟

面前路径无令窄，路径窄时无过客。
过客无时路径荒，人间大率多荆棘。

大人吟

天道远，人道迩。尽人情，合天理。

先天吟示邢和叔

一片先天号太虚，当其无事见真腴。
胸中美物肯自炫，天下英才敢厚诬？
理顺是言皆可放，义安何地不能居！
直从宇泰收功后，始信人间有丈夫。

感事吟

为善大宜量力分，知几都在近人情。
人情尽后疑难入，力分量时事自平。
理顺面前皆道路，义乖门外是榛荆。
何人肯认此言语，此语分明人不听。

浩歌吟

何者谓知几，唯神能造微。行藏全在我，用舍系于时。
每恨知人晚，常忧见事迟。与天为一体，然后识宣尼。

利名吟

利名都不到胸中，由此胸中气自冲。
既爱且憎皆是病，灵台何日得从容？

凭高吟

谁将酷烈千般毒，变作恩光一派深。
惆怅先民不复见，更凭高处尽沉吟。

意尽吟

意尽于物，言尽于诚。矫情镇物，非我所能。

浩歌吟二首

忧愁与喜欢，相去一毛间。治乱不同体，山川无两般。
笛声方远听，草色正遥看。何处危楼上，斜阳人凭栏？

嘉善既难投，先生宜罢休。履霜犹可救，灭木更何求？
兽困重来日，鸿飞远去秋。民饥须是食，食外尽悠悠。

温良吟

君子温良当责备，小人情伪又须防。
因惊世上机关恶，遂觉壶中日月长。

君子吟八首

君子与义，小人与利。与义日兴，与利日废。
君子尚德，小人尚力。尚德树恩，尚力树敌。
君子作福，小人作威。作福福至，作威祸随。
君子乐善，小人乐恶，乐恶恶至，乐善善归。
君子好誉，小人好毁。好毁人怒，好誉人喜。
君子思兴，小人思坏。思兴召祥，思坏召怪。
君子好与，小人好求。好与多喜，好求多忧。
君子好生，小人好杀。好生道行，好杀道绝。

先天吟

先天天弗违，后天奉天时。弗违无时亏，奉时有时疲。

爽口吟

爽口之物少茹，爽心之行少虑。
爽意之言少语，爽身这事少做。

至诚吟

不多求故得，不杂学故明。欲得心常明，无过用至诚。

书事吟

他山有石能攻玉，玉未全成老已催。
有限光阴随事去，无涯衰朽逐人来。
陶镕情性诗千首，燮理筋骸酒一杯。
六十六年无事日，心源方始似昭回。

答宁秀才求诗吟

林下闲言语，何须要许多。
几乎三百首，足以备吟哦。

诗酒吟

圣人难处口能宣，何止千年与万年。
心静始能知白日，眼明方会看青天。
鬼神情状将诗写，造化功夫用酒传。
传写不干诗酒事，若无诗酒又难言。

白头吟

何人头不白，我白不因愁。只被人多欲，其如我不忧。
不忧缘不动，多欲为多求。年老人常事，如何不白头！

伊川击壤集卷之十七

伊　川　邵　雍　尧夫

人物吟

人破须至护，物破须至补。补护既已多，卒归于败露。
人有人之情，物有物之理。人物类不同，情理安有异！

偶得吟

林间无事可装怀，昼睡功劳酒一杯。
残梦不能全省记，半随风雨过东街。

观物吟

一气才分，两仪已备。圆者为天，方者为地。
变化生成，动植类起。人在其间，最灵最贵。

战国吟

七国之时尚战争，威强知诈一齐行。
廉颇白起善用兵，苏秦张仪善纵横。
朝为布衣暮公卿，昨日鼎食今鼎烹。
范睢谢相何心情，蔡泽入秦何依凭。
始皇奋袂天下宁，二世乞为氓不能。
三千宾客愤未平，百二山河汉已兴。
所存旧物唯空名，残阳衰草山川形。
都似一场春梦过，自余恶足语威狞。

感事吟

切玉如泥剑不虚，谁知世上有昆吾。
能言未是真男子，善处方名大丈夫。
士老林泉诚所愿，民填沟壑谅何辜。
然非我事我心恻，珍重羲皇一卷书。

又五首

万物有精英，人为万物灵。必先详事体，然后论人情。
气静形安乐，心闲身太平。伊耆治天下，不出此名生。

用药似交兵，兵交岂有宁！求安安未得，去病病还生。
汤剂未全补，甘肥又却争。何由能寿考？瑞应老人星。

万物道为枢，其来类自殊。性虽无厚薄，理亦有精粗。
未若人为盛，还知物有余。我生于此日，幸免作庸夫。

曾闻不若见，曾见不如经。既用身经过，何烦口说行。
改诗知化笔，醒酒识和羹。料得人间事，无由出此情。

前有亿万年，后有亿万世。中间有寿人，未过百来岁。
出口无善言，行身无善事。徒有人之身，殊无人之贵。

履道留题吟

何代无人振德辉，众贤今日会西畿。
太平文物风流事，更胜元和全盛时。

见义吟

见善必为，不见则已。量力而动，力尽而止。

观物吟

如鸾如凤，意思安详。所生之人，非忠则良。
如鼠如雀，意思惊惧。所生之人，不凶则恶。

王公吟

王公大人，天下具瞻。轻流传习，重损威严。
此尚未了，彼安能兼。非唯失道，又复起贪。
顶戴儒冠，心存象教。本图心宁，复使心闹。
譬如生子，当求克肖。不教义方，教之窃盗。

自咏吟

老去无成齿发衰，年将七十待何为？
居常无病不服药，间或有怀犹作诗。
引水更怜鱼并至，折花仍喜蝶相随。
平生积学无他效，只得胸中恁坦夷。

观物吟

画工状物，经月经年。轩鉴照物，立写于前。
鉴之为明，犹或未精。工出人手，平与不平。
天下之平，莫若于水。止能照表，不能照里。
表里洞照，其唯圣人。察言观行，罔或不真。

尽物之性，去己之情。有德之人，而必有言。
能言之人，未必能行。

能寐吟

大惊不寐，大忧不寐。大伤不寐，大病不寐。
大喜不寐，大安能寐。何故不寐？湛于有累。
何故能寐，行于无事。

鹧鸪吟二首

人间重者是黄金，谁道黄金无处寻？
不著闲辞文雅意，更将何事悦良心？
远山四面供清润，幽鸟千般送好音。
无限春光都去尽，请君听唱鹧鸪吟。

翠竹丛深啼鹧鸪，鹧鸪声更胜提壶。
江南江北常相逐，春后春前多自呼。
迁客销魂惊梦寐，征人零泪湿衣裾。
愁中闻处肠先断，似此伤怀禁得无。

先天吟

若问先天一字无，后天方要著功夫。
拔山盖世称才力，到此分毫强得乎？

自乐吟

麟凤何尝不在郊，太平消得苦譊譊。
才闻善事心先喜，每见奇书手自抄。

一瓦清泉来竹下，两竿红日上松梢。
窝中睡起窝前坐，安得闲辞解客嘲？

民情吟

民情既乐，和气为祥。民情既忧，戾气为殃。
祥为雨露，天下丰穰。殃为水旱，天下凶荒。

牡丹吟

牡丹花品冠群芳，况是其间更有王。
四色变而成百色，百般颜色百般香。

代书吟

金须百炼始知精，水鉴何如人鉴明。
不弃既能存故旧，久要焉敢忘平生！
经纶事体当言用，道义襟怀只论诚。
草木面前何止万，岁寒松桂独青青。

病浅吟

病浅之时人不疑，病深之后药难医。
劳谦所以有终吉，迷复何尝无大亏。
物我中间难著发，天人相去岂容丝！
能知古乐犹今乐，省了譊譊多少辞。

借出诗

诗狂书更逸，近岁不胜多。大半落天下，未还安乐窝。

无苦吟

平生无苦吟，书翰不求深。行笔因调性，成诗为写心。
诗扬心造化，笔发性园林。所乐乐吾乐，乐而安有淫？

万物吟

万物备于身，乾坤不负人。时光嗟荏苒，事体落因循。
既感青春老，还惊白发新。胸中若无有，未免作埃尘①。

①原注：一云“走埃尘”。

月窟吟

月窟与天根，中间来往频。所居皆绰绰，何往不伸伸。
投足自有定，满怀都是春。若无诗与酒，又似太亏人。

大象吟

大象自中虚，中虚真不渝。施为心事业，应对口功夫。
伎俩千般有，忧愁一点无。人能知此理，胜读五车书。

百病吟

百病起于情，情轻病亦轻。可能无系累，却是有依凭。
秋月千山静，春华万木荣。若论真事业，人力莫经营。

小车吟

春暖未苦热，秋凉未甚寒。小车随意出，所到即成欢。

击壤吟

击壤三千首，行窝二十家。乐天为事业，养志是生涯。
出入将如意，过从用小车。人能知此乐，何必待纷华！

留题水北杨郎中园亭二首

买宅从来重见山，见山今直几何钱？
奇峰环列远隔水，乔木俯临微带烟。
行路客疑惊洞府，凭栏人恐是神仙。
长忧暗入丹青手，写向鲛绡天下传。

洛下谁家不买居，买居还得似君无。
风光一片非尘世，景物四时成画图。
后圃花奇同阆苑，前轩峰好类蓬壶。
人生能向此中老，亦是世间豪丈夫。

杨郎中新创高居二首和尧夫先生韵　吕公著

高斋旷望极三川，却顾卑居不直钱。
二室峰峦凝画碧，万家楼阁带轻烟。
春浓缭绕环游骑，地胜依稀寓列仙。
唱发幽人丞相和，当时纸贵洛城传①。

①原注：韩相公同和。

碧瓦朱门将相居，见嵩临洛百家无。
登高此地还能赋，会老他年定入图。

花发四时排步障，鸟鸣终日劝提壶。
何人遇赏偏留赏，退士清风激鄙夫。

秋尽吟

数日之间秋遂尽，百思无以慰蹉跎。
园林正好爱不彻，草木已黄情奈何。
虽老筋骸行尚健，尽高台榭望仍多。
终朝把酒未成醉，又欲临风一浩歌。

不肖吟

不肖之人，志在游荡。身在屋下，心在屋上。
不肖之子，志在浮夸。身尚不保，焉能保家？

君子吟

君子之去，亦如其来，小人之来，亦如其去。
既有恩情，且无怨怒。既有憎嫌，且无思慕。

小人吟

小人无节，弃本逐末。喜思其与，怒思其夺。

把手吟

富贵把手，贫贱掣肘。贫贱把手，富贵掣肘。
金石之交，死且不朽。市井之交，自难长久。

大易吟

天地定位，否泰反类。山泽通气，损咸见义。
雷风相薄，恒益起意。水火相射，既济未济。
四象相交，成十六事。八卦相荡，为六十四。

罢吟吟

久欲罢吟诗，还惊意忽奇。
坐中知物体，言外到天机。
得句不胜易，成篇岂忍遗！
安知千万载，后世无宣尼！

黄金吟

身上有黄金，人无走陆沉。求时未必见，得处不因寻。
辨捷非通物，涵容是了心。会弹无弦琴，然后能知音。

鹧鸪吟

事体一番新，才新又却陈。新陈非利物，义理不由人。
岁月休惊晚，莺花续报春。余樽幸无恙，宜唱鹧鸪频。

闲中吟三首

闲中气味长，长处是仙乡。富有林泉乐，清无市井忙。
烂游千圣奥，醉拥万花香。莫作伤心事，伤心易断肠。

闲中气味真，真处是天民。富有林泉乐，清无市井尘。
烂游千圣奥，醉拥万花春。莫作伤心事，伤心愁杀人。

闲中气味全，全处是天仙。富有林泉乐，清无市井喧。
烂观千圣奥，醉拥万花妍。莫作伤心事，伤心事好旋。

苍苍吟

人人共戴天，我戴岂徒然！须识天人理，方知造化权。
功名归酒盏，器业入诗篇。料得闲中乐，无如我得闲。

团团吟

如鉴又如钩，回旋莫记秋。难穷天上理，易白世间头。
团处人人喜，亏时物物愁。有生无不喘，何必待吴牛？

代书吟

见别一年余，岁残相忆初。重烦君款密，远寄我空疏。
衰朽百端有，忧愁一点无。闲吟四十字，聊用答来书。

失诗吟

胸中风雨吼，笔下龙蛇走。前后落人间，三千有余首。

不去吟

行年六十六，不去两般事。用诗赠真宰，以酒劝象帝。
面未发酡颜，心先动和气。俯仰天地间，自知无所愧。

经世吟

羲轩尧舜，汤武桓文。皇王帝伯，父子君臣。
四者之道，理限于秦。降及两汉，又历三分。
东西俶扰，南北纷纭。五胡十姓，天纪几棼。
非唐不济，非宋不存。千世万世，中原有人。

知人吟

君子知人出于知，小人知人出于私。
出于知，则同乎理者谓之是，异乎理者谓之非。
出于私，则同乎己者谓之是，异乎己者谓之非。

言行吟

能言未是难，行得始为艰。须是真男子，方能无厚颜。

光阴吟

三百六旬有六日，光阴过眼如奔轮。
周而复始未尝息，安得四时长似春！

举酒吟

闲与宾朋饮酒杯，杯中长似有花开。
清谈才向口中出，和气已从心上来。
物外意非由象得，坐间春不自天回。
施之天下能如此，天下何忧不放杯？

酒少吟

此物近来贫，时时得数斤。如茶辜老朽，似药负交亲。
未饮先忧尽，虽斟不敢频。何由同九日，长有白衣人。

观棋绝句二首

未去交争意，难忘黑白心。一条无敌路，彻了没人寻。
未去交争意，难忘黑白情。一条平稳路，痛惜没人行。

老去吟

老去无成鬓已斑，纵心年几合清闲。
如何得意云山外，更欲游心诗酒间。
大字写诗酬素志，小杯斟酒发酡颜。
春雷惊起千年蛰，笔下苍龙自往还。

乱石吟

天津多乱石，石里闲寻觅。全玉固难求，似玉亦难得。
徒有碌碌青，亦有磷磷白。奈无清越声，更无温润色。

未有吟二首

未有一分功，先立十分敌。所得无分毫，所丧无纪极。
未有一分让，先有十分争。所丧者实事，所得者虚名。

诫子吟二首

至宝明珠非有类，全珍良玉自无瑕。
为珠为玉尚如此，何况为人多过差。

有过不能改，知贤不肯亲。虽生人世上，未得谓之人。
周孔不足法，轲雄不足师。还同弃常膳，除是适蛮夷。

乾坤吟二首

意亦心所至，言须耳所闻。谁去天地外，别有好乾坤。
道不远于人，乾坤只在身。谁能天地外，别去觅乾坤。

胡越吟

胡越同心日，夫妻反目时。人间无大小，得失在须斯。

善处吟

善处忧难作，能持事自修。腹心无外物，蛮貊亦怀柔。

百年吟

百年嗟荏苒，千里痛萧条。忍逐东流水，无期任所飘。

岁杪吟

一日去一日，一年添一年。饶教成大器，其那已华颠。
志意虽依旧，聪明不及前。若非心有得，亦恐学神仙。

观棋小吟

谁言博奕尚优游，利害相磨未始休。
初得手时宜愿望，合行权处莫迟留。
二年乃正三监罪，七日能尸两观囚。
天下太平无一事，南阳高卧更何求！

又借出诗

安乐窝中乐，娲皇笙万攒。自从闲借出，客到遂无欢。

和王规甫司勋见赠

何止千年与万年，岁寒松桂独依然。
若无扬子天人学，安有庄生内外篇？
已约月陂寻白石，更期金谷弄清泉。
谁云影论纷纭甚，一任山巅复起巅。

答友人劝酒吟

人人谁不愿封侯，及至封侯未肯休。
大得却须防大失，多忧元只为多求。
规模焉敢比才士，度量自知非饮流。
少日何由能强此，况今年老雪堆头。

伊川击壤集卷之十八

伊　川　邵　雍　尧夫

冬至吟

何者谓之几？天根理极微。今年初尽处，明日未来时。
此际易得意，其间难下辞。人能知此意，何事不能知？

杯盘吟

林下杯盘大寂寥，寂寥长愿似今朝。
君看击鼓撞钟者，势去宾朋不易招。

欢喜吟

扬善不扬恶，记恩不记仇。人人自欢喜，何患少交游！

善人吟

良如金玉，重如丘山。仪如鸾凤，气如芝兰。

议论吟

事苟非，自有异。事苟是，安有二？

推诚吟

天虽不语人能语，心可欺时天可欺。
天人相去不相远，只在人心人不知。
人心先天天弗违，人身后天奉天时。
身心相去不相远，只在人诚人不推。

尧夫吟

尧夫吟，天下拙。来无时，去无节。
如山川，行不彻。如江河，流不竭。
如芝兰，香不歇。如箫韶，声不绝。
也有花，也有雪。也有风，也有月。
又温柔，又峻烈。又风流，又激切。

意外吟

事出意外，人难智求。自非妄动，恶用多愁。
既有误中，宁无暗投？能知此说，天下何忧？

当断吟

断以决疑，疑不可缓。当断不断，反受其乱。

忧梦吟

至人无梦，圣人无忧。梦为多想，忧为多求。
忧既不作，梦来何由？能知此说，此外何修！

人情吟

人达人情，无寡无广。天下之事，如指诸掌。

人事吟

人无取次，事莫因循。因循失事，取次坏人。
人无率尔，事贵丁宁。率尔近薄，丁宁近诚。

师资吟

未知道义，寻人为师。既知道义，人来为资。
寻师未易，为资实难。指南向道，非去非还。
师人则耻，人师则喜。喜耻皆非，我独无是。
好为人师，与耻何异？

天下吟

天学修心，人学修身。身安心乐，乃见天人。
天之与人，相去不远。不知者多，知之者鲜。
身主于人，心主于天。心既不乐，身何由安？

乐毅吟

乐毅事燕时，其心有深旨。破齐七十城，迎刃不遗矢。
岂留即墨莒，却与燕有二。欲使燕遂王，天下自齐始。
岂意志未申，昭王一旦死。惠王固不知，使人代其位。
强燕自此衰，何复能振起？自古君与臣，济会非容易。
重惜千万年，英雄为流涕。

十分吟（三首）

所谓十分人，须有十分真。非为能写字，非谓能为文。
非谓眉目秀，非谓衣服新。欲行人世上，直须先了身。

所谓十分人，须有十分事。事苟不十分，终是未完备。
事父尽其心，事兄尽其意。事君尽其忠，事师尽其义。

人寿百来年，其过岂容易！虽然瞬息间，其间多少事？
号为能了事，必先能了身。身苟未能了，何暇能了人！

生日吟

（祥符辛亥十二月二十五日）

辛亥年，辛丑月，甲子日，甲戌辰，日辰同甲，年月同辛，吾于此际，生而为人。

诫子吟

鸡能警旦，马能代行。犬能守御，牛能力耕。
人禀天地，万物之灵。妒贤嫉能，不如不生。

有常吟

天地有常理，日月有常明。四时有常序，鬼神有常灵。
圣人有常德，小人无常情。

岁暮吟

世上纷华都不见，眼前唯见读书尊。

百千难过尚警惕，三十岁前尤苦辛。
少日只知艰险事，老年方识太平身。
家风幸有儿孙继，足以无心伴白云。

春天吟

一片春天在眼前，眼前须识好春天。
春秋冬夏能无累，雪月风花都一连。
能用真腴为事业，岂防他物害暄妍！
我生其幸何多也，安有闲愁到耳边？

庶几吟

以圣责人，固未完备。以人望人，自有余地。
责人无难，受责非易。其殆庶几，犹望颜子。

人物吟

人盛必有衰，物生须有死。既见身前人，乃知身后事。
身前人能兴，身后事岂废！兴废先言人，然后语天地。

诧嗟吟

昨日炙手，今日张罗。人间常事，何诧何嗟！

左衽吟

自古御戎无上策，唯凭仁义是中原。
王师问罪固能道，天子蒙尘争忍言。
二晋乱亡成茂草，三君屈辱落陈编。

公闻延广何人也，始信兴邦亦一言。

教劝吟

若圣与仁吾岂敢！空言犹足慰虚生。
明开教劝用常道，永使子孙持善名。
此日贻谟情未显，他时受赐事非轻。
庶几此意流天下，天下何由不太平！

不善吟

悲哉不善人，禀此凶戾德。非唯败人家，又能败人国。

多事吟

多事招忧，多疑招闷。多与招吝，多取招损。

处身吟

君子处身，宁人负己，己无负人。
小人处事，宁己负人，无人负己。

观性吟

千万年之人，千万年之事，千万年之情，
千万年之理。唯学之所能，坐而烂观尔。

观物吟

居暗观明，居静观动。居简观繁，居轻观重。

所居者寡，所观则众。匪居匪观，众寡何用！

答和吴傅正赞善二首[①]

洛阳城里一愚夫，十许年来不读书。
老去情怀难状处，淡烟寒月映松疏。

①原注：并寄高阳王十三机宜。

乐静岂无病，好闲终有心。争如自得者，与世善浮沉。

是非吟

是短非长，好丹非素。一生区区，未免爱恶。
爱恶不去，何由是非？爱恶即去，是非何为！

洗心吟

人多求洗身，殊不求洗心。洗身去尘垢，洗心去邪淫。
尘垢用水洗，邪淫非能淋。必欲去心垢，须弹无弦琴。

见物吟

见物即讴吟，何尝曾用意？闲将篋笥诗，静看人间事。

力穑吟

春时耕种，夏时耘耨。秋时收治，冬时用受。
雨露不愆，既苗既秀。水旱为灾，尚罹其咎。

六十六岁吟

六十有六岁，畅然持酒杯。少无他得志，老有此开怀。
往往英心动，时时秀句来。尚收三百首，自谓敌琼环。

宽猛吟

宽则民慢，猛则民残。宽猛相济，其民自安。

小道吟

艺虽小道，事亦系人。苟不造微，焉能入神？

得失吟

人有贤愚，事无巨细。得不艰难，失必容易。

薰莸吟

善恶之间，薰莸可究。近薰必香，近莸必臭。

好恶吟

恶死好生，去害就利。天下之人，其情无异。

岁暮吟二首

此情人不知，亦尝叹迟暮。虽则叹迟暮，奈何难分付。
此情人不知，亦尝叹迟久。虽则叹迟久，奈何人不受。

安分吟

轻得易失，多谋少成。德无尽利，善无近名。

由听吟

由听而失，以听为宾。而今而后，何复信人！

诗画吟

画笔善状物，长于运丹青。丹青入巧思，万物无遁形。
诗画善状物，长于运丹诚。丹诚入秀句，万物无遁情。
诗者人之志，言者心之声。志因言以发，声因律而成。
多识于鸟兽，岂止毛与翎！多识于草木，岂止枝与茎！
不有风雅颂，何由知功名！不有赋比兴，何由知废兴！
观朝廷盛事，壮社稷威灵。有汤武缔构，无幽厉欹倾。
知得之艰难，肯失之骄矜？去巨蠹奸邪，进不世贤能。
择阴阳粹美，索天地精英。藉江山清润，揭日月光荣。
收之为民极，著之为国经。播之于金石，奏之于大庭。
感之以人心，告之以神明。人神之胥悦，此所谓和羹。
既有虞舜歌，岂无皋陶赓！既有仲尼删，岂无季札听！
必欲乐天下，舍诗安足凭。得吾之绪余，自可致升平。

诗史吟

史笔善记事，长于炫其文。文胜则实丧，徒憎口云云。
诗史善记事，长于造其真。真胜则华去，非如目纷纷。
天下非一事，天下非一人。天下非一物，天下非一身。
皇王帝伯时，其人长如存。百千万亿年，其事长如新。

可以辨庶政，可以齐黎民。可以述祖考，可以训子孙，
可以尊万乘，可以严三军。可以进讽谏，可以扬功勋，
可以移风俗，可以厚人伦。可以美教化，可以和疏亲，
可以正夫妇，可以明君臣。可以赞天地，可以感鬼神。
规人何切切，诲人何谆谆。送人何恋恋，赠人何勤勤。
无岁无嘉节，无月无嘉辰。无时无嘉景，无日无嘉宾。
樽中有美禄，坐上无妖氛。胸中有美物，心上无埃尘。
忍不用大笔，书字如车轮。三千有余首，布为天下春。

演绎吟四首

万事入沉吟，其来味更深。虽然曾过眼，须是更经心。
过眼未尽见，经心肯尽寻。尽寻能得见，方始是真金。

何者是真金？真金入骨沉。饱曾经锻炼，足得不沉吟。
到手何须眼，行身敢放心。放心然后乐，天下有知音。

何者谓知音？知音只在心。肝脾无效验，钟鼓漫搜寻。
既若能开物，何须更鼓琴。来仪非为凤，只是感人深。

何者谓来仪？来仪意不低。有身皆衎衎，无物不熙熙。
一国若一物，四方犹四支。巍巍乎尧舜，何得而名之？

史画吟

史笔善记事，画笔善状物。状物与记事，二者各得一。
诗史善记意，诗画善状情。状情与记意，二者皆能精。
状情不状物，记意不记事。形容出造化，想像成天地。
体用自此分，鬼神无敢异。诗者岂于此，史画而已矣。

好胜吟

人无好胜，事无过求。好胜多辱，过求多忧。
忧辱并至，道德弗游。不止人患，身亦是仇。

治心吟

心亲于身，身亲于人。不能治心，焉能治身。
不能治身，焉能治人。

吾庐吟

吾亦爱吾庐，吾庐似野居。性随天共淡，身与世俱疏。
遍地长芳草，满床堆乱书。自从无事后，更不著工夫。

人灵吟

天地生万物，其间人最灵。
既为人之灵，须有人之情。
若无人之情，徒有人之形。

过眼吟

纷纷过眼不须惊，利害相磨卒未平。
伎俩虽多无实效，聪明到了是虚名。
温凉寒热四时事，甘苦辛酸万物情。
除却此心皆外物，此心犹恐未全醒。

灾来吟

灾自外来，犹可消除。灾自内来，何由支梧？
天人之间，内外察诸。

内外吟

目耳鼻口，人之户牖。心胆脾肾，人之中留。
内若能守，外自不受。内若无守，外何能久？

名利吟

重之以名，见人之情。厚之以利，见人之意。
情意内也，内重则外轻。名利外也，内贱则外贵。

名实吟

内无是实，外有是名，小人故矜。
外无是名，内有是实，君子何失！

性情吟

君子任性，小人任情。任性则近，任情则远。

丁宁吟

人无忽略，事贵丁宁。忽略近薄，丁宁近诚。

疑信吟

人无轻信，事无多疑。轻信招衅，多疑招离。

治乱吟

君子小人，亦常相半。时止时行，或治或乱。

有时吟

龙不冬跃，萤能夜飞。小人君子，而皆有时。

忠厚吟

小人斯须，君子长久。斯须倾邪，长久忠厚。

穷冬吟

十二月将终，还惊岁律穷。藏冰方北陆，解冻未东风。
草味徒寻绿，花梢强觅红。探春春不见，元只在胸中。

知非吟

今日已前事，知非心可凭。虚言安足道，实行又何矜。
无药医衰老，有诗歌圣明。纵然时饮酒，未肯学刘伶。

冬至吟

冬至子之半，天心无改移。一阳初起处，万物未生时。

玄酒味方淡，大音声正希。此言如不信，更请问庖牺。

头白吟

头白已多时，况能垂白髭。不如犹甚幸，窃比未全衰。
润屋虽无镪，承家却有儿。敢言贫净洁，似我亦应稀。

谈诗吟

诗者人之志，非诗志莫传。人和心尽见，天与意相连。
论物生新句，评文起雅言。兴来如宿构，未始用雕镌。

绳水吟

水能平而不能直，绳能直而不能平。
安得绳水为人情，而使天下都无争。

刑名吟

君子多近名，小人多近刑。善恶有异同，一归与任情。

阴阳吟

阳行一，阴行二。一主天，二主地。
天行六，地行四。四主形，六主气。

人事吟

人有去就，事无低昂。迹有疏密，人无较量。
能此四者，自然久长。

内外吟二首

衣冠严整，谓之外修。行义纯洁，
谓之内修。内外俱修，何人不求！

衣冠不整，谓之外惰。行义不修，
谓之内惰。内外俱惰，何人不唾！

盛衰吟

克肖子孙，振起家门。
不肖子孙，破败家门。
猗嗟子孙，盛衰之根。

死生吟

学仙欲不死，学佛欲再生。再生与不死，二者人果能？
设使人果能，方始入于情。赏哉林下人，不为人所惜。
哀哉公与卿，重为人所惑。

生日吟

三万五千日，伊予享此身。当时才作物，此际始为人。
久负阴阳力，终亏父母恩。一杯为寿酒，床下列儿孙。

时事吟二首

时之来兮，其势可乘。时之去兮，其势遂生。
前日之事兮，今日不行。今日之事兮，后来必更。

时久则患生，事久则弊生。弊患相仍，人何以宁！

不知吟

不知阴阳，不知天地。不知人情，不知物理。
强为人师，宁不自愧！

水火吟

水火得其御，交而成既济。水火失其御，焚溺可立至。
不止水与火，万事尽如此。只知用水火，不知水火义。

中原吟

中原之师，仁义为主。仁义既无，四夷来侮。

喜欢吟

尧夫喜饮酒，饮酒喜全真。不喜成酩酊，只喜成微醺。
微醺景何似，襟怀如初春。初春景何似，天地才絪缊。
不知身是人，不知人是身。只知身与人，与天都未分。

所感吟

人生无定准，事体有多端。客宦危疑处，家书子细看。
可曾忧险阻，方信喜平安。男子平生事，须于论定观。

行止吟

时止则须止，时行则可行。时行与时止，人力莫经营。

太平吟

太平时世园亭内，丰稔岁年村落间。
情味一般难状处，风烟草木尽闲闲。

探春吟

草色依稀绿，花梢隐约红。一般难道说，如醉在心中。

不出吟

冬夏远难出，止行南北园。如逢好风景，亦可至三天[①]。

①原注：西行至天街二百步，北行至天津三百步，东行至天宫四百步。

伊川击壤集卷之十九

伊　川　邵　雍　尧夫

不善吟

不良之人，禀气非正，蛇蝎其情，豺狼其性。
至良之人，禀气清明，金玉其性，芝兰其情。

不同吟

君子之人，与己非比，闻善则乐，见贤则喜。
小人之人，与己非恶，闻善则憎，见贤则怒。

得失吟

时难得而易失，心虽悔而何追。
不知老之已至，不知志与愿违。

痛矣吟

痛矣时难得，悲哉道未传。今年年已尽，明日是明年。

岁除吟

半百已华颠，如今更皓然。自知为士子，人讶学神仙。
风月难忘酒，云山不著钱。行年六十六，明日又添年。

笔兴吟

（熙宁十年）

窗晴气和暖，酒美手柔软。兴逸情撩乱，笔落春花烂。

影论吟

性在体内，影在形外。性往体随，形行影会。
体性不存，形影安在。影外之言，曾何足怪！

忧喜吟

大喜与大忧，二者莫能寐。二者若能寐，何忧事不治！

窥开吟十三首

物理窥开后，人情照破时，一身都是我，瘦了又还肥。
物理窥开后，人情照破时，能将函谷塞，只用一丸泥。
物理窥开后，人情照破时，正如携宝剑，切玉过如泥。
物理窥开后，人情照破时，渴多逢美酒，病后遇良医。
物理窥开后，人情照破时，能将一个字，善解百年迷。
物理窥开后，人情照破时，情中明事体，理外见天机。
物理窥开后，人情照破时，可嗟兼可唾，堪鄙又堪嗤。
物理窥开后，人情照破初，不堪将劝诫，止可与嗟吁。
物理窥开后，人情照破前，止堪令执笔，不可使持权。
物理窥开后，人情照破休，止堪初看望，不可久延留。
物理窥开后，人情照破时，欲知花灿漫，便是叶离披。
物理窥开后，人情照破时，有权能处置，更狖待何为。
物理窥开后，内情照破间，敢言天下事，到手又何难！

喜欢吟

平生喜饮酒，饮酒喜轻醇。不喜大段醉，只便微带醺。
融怡如再少，和煦似初春。亦恐难名状，两仪仍未分。

贵贱吟

系自我者，可以力行。系自人者，难乎力争。
贵为万乘，亦莫之矜。贱为匹夫，亦莫之凌。

措处吟

在未定之时，当难处之地。方事之危疑，见人之措置。

费力吟

事无巨细，人有得失。得之小心，失之费力。

不老吟

人无不老理，日有再中时。不老必无也，再中应有之。

代书寄陈章屯田

执别而来二十春，忽飞书意一何勤。
四方岂是少贤士，千里犹能思故人。
世态见多知可否，物情谙久识疏亲。
我今老去甘衰朽，无补明时卧洛滨。

长短吟

君子喜淳诚，小人喜欺罔。淳诚岁时长，欺罔日月短。

迷悟吟

君子改过，小人饰非，改过终悟，
饰非终迷，终悟福至，终迷祸归。

正性吟

未生之前，不知其然。既生之后，乃知有天。
有天而来，止物之性。君子践形，小人轻命。

幽明吟

明有日月，幽有鬼神。日月照物，鬼神依人。
明由物显，幽有人陈。人物不作，幽明何分？

无腼吟

事曾经见，物曾持炼。天地之间，俯仰无腼。

事体吟

语言须中节，义理贵从宜。可革仍三就，当行必再思。

自余吟

身生天地后，心在天地前。天地自我出，其余何足言！

四可吟

可勉者行，可信者言，可委者命，可托者天。

四不可吟

言不可妄，行不可隳，命不可忽，天不可违。

赁屋吟

屋新人喜居，屋敝人思去。主若善修完，何时不能住！

小人吟

小人无耻，重利轻死。不畏人诛，岂顾物议！

览照吟

其骨爽，其神清，其禄薄，其福轻。

有病吟

一身如一国，有病当求医。病愈药便止，节宣良得宜。

二月吟

林下故无知，唯知二月期。酒尝新热后，花赏半开时。
只有醺酣趣，殊无烂漫悲。谁能将此景，长贮在心脾。

三月吟

满城尽日行春去，言会行春还有数。
真宰何尝不发生，游人其那无凭据。
梨花著雨漫城啼，柳絮因风争肯住。
一片清明好意多，奈何意好难分付。

一等吟

欲出第一等言，须有第一等意。
欲为第一等人，须作第一等事。

万物吟

成败须归命，兴衰各有时。小人纵多欲，真宰岂容私！
只此浪喜欢，便成空惨凄。请观春去后，游者更为谁？

洛阳春吟（八首）

四方景好无如洛，一岁花奇莫若春。
景好花奇精妙处，又能分付与闲人。

洛阳人惯见奇葩，桃李花开未当花。
须是牡丹花盛发，满城方始乐无涯。

桃李花开人不窥，花时须是牡丹时。
牡丹花发酒增价，夜半游人犹未归。

光阴不肯略从容，九十日春还又空。
多少落花无著莫，半随流水半随风。

春归花谢日初长，燕语莺啼各自忙。
何故游人断来往，绿阴殊不减红芳。

十日好花都去尽，可怜青帝用功深。
游人莫便无凭据，未必红芳胜绿阴。

春归必竟归何处，无限春冤都未诉。
欲托流莺问所因，子规又叫不如去。

用尽四时周一岁，唯春能见好花开。
十千买酒未为贵，毁去红芳岂再来！

自贻吟

六十有七岁，生为世上人。四方中正地，万物备全身。
天外更无乐，胸中别有春。

落花吟

万紫千红处处飞，满川桃李漫成蹊。
狂风猛雨日将暮，舞榭歌台人乍稀。
水上漂浮安有定，径边狼籍更无依。
流莺不用多言语，到了一番春已归。

暮春吟三首

花开春正好，花谢春还暮。不意子规禽，犹能道归去。
春来蝴蝶乱，春去子规啼。安得如前日，和风初扇时。
禽不通人情，唯知春已暮。亦或叫提壶，亦或叫归去。

泉布吟

名为泉布者，无足走人间。善发难言口，能开不笑颜。
偿逋小续命，赒急大还丹。唯有商山老，非干买得闲。

牡丹吟

一般颜色一般香，香是天香色异常。
真宰功夫精妙处，非容人意可思量。

诗上尧夫先生兼寄伯淳正叔二首　载

先生高卧洛城中，洛邑簪缨幸所同。
愿我七年清渭上，并游无侣又春风。

病肺支离恰十春，病深樽俎久埃尘。
人怜旧病新年减，不道新添别病新。

和风翔横渠张子厚学士亡后篇

秦甸山河半域中，精英孕育古今同。
古来贤杰知多少，何代无人振素风！

自处吟

尧夫自处道如何，满洛阳城都似家。
不德于人焉敢异，至诚从物更无他。
眼前只见罗天爵，头上谁知换岁华。
何止春归与春在，胸中长有四时花。

为人吟

为人须是与人群，不与人群不尽人。
大舜与人焉有异，帝尧亲族亦推伦。
人心龃龉一身病，事体和谐四海春。
心在四支心是主，四支又复远于身。

先天吟

先天事业有谁为，为者如何告者谁。
若谓先天言可告，君臣父子外何归。
眼前伎俩人皆晓，心上功夫世莫知。
天地与身皆易地，己身殊不异庖牺。

中和吟

性亦故无他，须是识中和。心上语言少，人间事体多。
如霖回久旱，似药起沉疴。一物当不了，其如万物何。

四贤吟

彦国之言铺陈，晦叔之言简当，
君实之言优游，伯淳之言调畅[①]。
四贤洛阳之名望，是以在人之上。
有宋熙宁之间，大为一时之壮。

①原注：又作“条畅”。

年老吟

岁华头上不能惊，唯有交亲眼更明。
皓皓月常因坐看，深深酒不为愁倾。
苟于心上无先觉，却似人间小后生。
欲约何人为伴侣，江湖泛去一舟轻。

天地吟

天人之际岂容针，至理何烦远去寻。
凶焰炽时焚更烈，恩波流处浸还深。
长征戍卒思归意，久旱苍生望雨心。
祸福转来如反掌，可能中夜不沉吟。

至论吟

民于万物已称珍，圣向民中更出群。
介石不疑何尽日，知几何患未如神。
若无刚果难成善，既有精神又贵纯。
祸福兆时皆有渐，不由天地只由人。

人玉吟

玉不自珍人与珍，人珍何谢玉之纯。
然知粹美始终一，更看清光表里真。
韬韫有名初在石，琢磨成器却须人。
古人已死不复见，被褐之言不谬云。

诈者吟

诈者固疑人，天下尽行诈。不信天下人，其间无真话。

饮酒吟

时时醇酒饮些些，颐养天和以代茶。
无雨将成大凶岁，负城非有好生涯。
身居畎亩须忧国，事委男儿尚恤家。
人问老来何长进，鉴中添得鬓边华。

乐物吟

物有声色气味，人有耳目口鼻。
万物于人一身，反观莫不全备。

和王安之小园五题

小园新葺不离家，高就岗头低就窊。
洛邑地疑偏得胜，天津人至又非赊。
宜将阆苑同时语，莫共桃源一道夸。
闻说一轩多种药，只应犹欠紫河车。

野　轩

一轩名野非尘境，嵩少烟岑送好风。
日月岁时都属己，更于何处觅壶中。

污　亭

许由为计未为深，洗耳如何不动心。
到此俨然如世外，何尝更有事来侵。

药　轩

山里药多人不识，夫君移植更标名。
果能医得人间病，红紫何妨好近楹。

晚晖亭

高亭新建碍烟霞，暮景能留是可嘉。
最近赏春来往路，游人应问是谁家。

观物吟

水雨霖，火雨露，土雨濛，石雨雹。
水风凉，火风热，土风和，石风冽。
水云黑，火云赤，土云黄，石云白。
水雷雲，火雷虩，土雷连，石雷霹。

昼　睡

昼睡功夫未易偕，羲皇以上合安排。
心间无事饱食后，园里有时闲步回。
未午庭柯莺屡啭，已残花径客稀来。
请观世上多愁者，枕簟虽凉无此怀。

进退吟

进退两途皆曰宾，何烦坐上苦云云。
低眉坐处当周物，掉臂行时莫顾人。
齿发既衰非少日，林泉能老是长春。
行于无事人知否，宠辱何由得到身。

为客吟四首

忽忆南秦为客日，洛阳东望隔秦川。
云山去此二千里，岁月于今十九年。
柳色得非新婀娜，江声应是旧潺湲。
衰躯设使能重往，畴昔情怀奈杳然。

忽忆东朐为客日，壮心初见水云乡。
岛夷居处邻荒服，潮水来时杂海商。
卧看苍溟围大块，坐观红日出扶桑。
虚生虚死人何限，男子之称不易当。

忽忆东吴为客日，当年意气乐从游。
登山未始等闲辍，饮酒何尝容易休。
万柄荷香经楚甸，一帆风软过扬州。

追思何异邯郸梦，瞬息光阴三十秋。

忽忆太原为客日，经秋纵酒未成归。
远山近水都成恨，高阁斜阳尽是悲。
年少不禁花到眼，情多唯只泪沾衣。
如今老向洛阳里，更没这般愁到眉。

摄生吟

握固如婴儿，作气如壮士。二者非自然，皆出不容易。
心为身之主，志者气之帅。沉珠于深渊，养自己天地。

病中吟

尧夫三月病，忧损洛阳人。非止交朋意，都如骨肉亲。
荐医心恳切，求药意殷勤。安得如前日，登门谢此恩。

重病吟

安乐五十年，一旦感重疾。仍在盛夏中，伏枕几百日。
砭灸与药饵，百疗效无一。以命听于天，于心何所失。

天人吟

天生此身人力寄，人力尽兮天数至。
天人相去不毫芒，若有毫芒却成二。

疾革吟

有命更危亦不死，无命极医亦无效。

唯将以命听于天，此外谁能闲计较。

听天吟

上天生我，上天死我。一听于天，有何不可？

得一吟

天自得一天无既，我一自天而后至。
唯天与一无两般，我亦何尝与天异！

答客问病

世上重黄金，伊予独喜吟。死生都一致，利害漫相寻。
汤剂功非浅，膏肓疾已深。然而犹灼艾，用慰友朋心。

病亟吟

生于太平世，长于太平世。老于太平世，死于太平世。
客问年几何，六十有七岁，俯仰天地间，浩然无所愧。

伊川击壤集卷之二十

伊　川　邵　雍　尧夫

首尾吟一百三十五首

尧夫非是爱吟诗，为见圣贤兴有时。
日月星辰尧则了，江河淮济禹平之。
皇王帝伯经褒贬，雪月风花未品题。
岂谓古人无阙典，尧夫非是爱吟诗。

尧夫非是爱吟诗，安乐窝中坐看时。
一气旋回无少息，雨仪覆帱未尝私。
四地更革互为主，百物新陈争效奇。
享了许多家乐事，尧夫非是爱吟诗。

尧夫非是爱吟诗，安乐窝中得意时。
志快不须求事显，书成当自有人知。
林泉且作酬心物，风月聊充藉手资。
多少宽平好田地，尧夫非是爱吟诗。

尧夫非是爱吟诗，安乐窝中半醉时。
因月因花因兴咏，代书代简代行移。
池中既有双鱼跃，天际宁无一雁飞。
无限交亲在南北，尧夫非是爱吟诗。

尧夫非是爱吟诗，诗是尧夫可爱时。
宝镜造形难著发，鸾刀迎刃岂容丝。

风埃若不来侵路，尘土何由得上衣。
欲论诚明是难事，尧夫非是爱吟诗。

尧夫非是爱吟诗，为见兴衰各有时。
天地全功须发露，朝廷盛美在施为。
便都默默奈何见，若不云云那得知。
事在目前人不虑，尧夫非是爱吟诗。

尧夫非是爱吟诗，诗是尧夫不寐时。
咀茹兰薰宜有主，恢张风雅更为谁！
三千来首收清月，二十余年捻白髭。
了却许多闲职分，尧夫非是爱吟诗。

尧夫非是爱吟诗，诗到忘言是尽时。
虽则借言通要妙，又须从物见几微。
羹因不和方知淡，乐为无声始识希。
多少风花待除改，尧夫非是爱吟诗。

尧夫非是爱吟诗，虽老精神未耗时。
水竹清闲先据了，莺花富贵又兼之。
梧桐月向怀中照，杨柳风来面上吹。
被有许多闲捧拥，尧夫非是爱吟诗。

尧夫非是爱吟诗，诗是天津伫立时。
有意水声千古在，无情山色四边围。
孤鸿远入晴烟去，双鹭斜穿禁柳飞。
景物不妨闲自适，尧夫非是爱吟诗。

尧夫非是爱吟诗，诗是天津再住时。
积翠莺花供秀润，上阳风月助新奇。

凤凰楼观云中看，道德园林枕上窥。
不负太平吟笑事，尧夫非是爱吟诗。

尧夫非是爱吟诗，诗是尧夫渐老时。
每用风骚观物体，却因言语漏天机。
林间车马自稀到，尘外杯觞不浪飞。
六十一年无事客，尧夫非是爱吟诗。

尧夫非是爱吟诗，诗是尧夫忠恕时。
无限物情闲处见，诸般药性病来知。
暗于成事事必败，失在知人人必欺。
家国与身同一体，尧夫非是爱吟诗。

尧夫非是爱吟诗，诗是尧夫默识时。
初有意时如父子，到无情处类渑淄。
眼前成败尚不见，天下安危那得知？
始信知人是难事，尧夫非是爱吟诗。

尧夫非是爱吟诗，诗是尧夫知幸时。
日未出前朝象帝，天才春处谒庖牺。
三杯五杯自劝酒，一局两局无争棋。
韶濩不知何似乐，尧夫非是爱吟诗。

尧夫非是爱吟诗，诗是尧夫自励时。
适道全由就师学，出尘须是禀天资。
好贤只恐知人晚，乐善唯忧见事迟。
多谢友朋常见教，尧夫非是爱吟诗。

尧夫非是爱吟诗，诗是尧夫得意时。
正得意时常起舞，到麾毫处辄能飞。

南溟万里鹏初举，辽海千年鹤乍归。
岂止一诗而已矣，尧夫非是爱吟诗。

尧夫非是爱吟诗，诗是尧夫可叹时。
固有命焉刚不信，是无天也果能欺。
才高正被聪明使，身贵方为利害移。
无计奈何春又老，尧夫非是爱吟诗。

尧夫非是爱吟诗，诗是尧夫笔逸时。
苍海有神搜鲸鲵，陆沈无水藏蛟螭。
岌嶪五千仞华岳，汪洋十万顷黄陂。
都与收来入近题，尧夫非是爱吟诗。

尧夫非是爱吟诗，诗是尧夫出入时。
春初暖兮日迟迟，秋初凉兮云微微。
轻风动垂柳依依，细雨过芳草萋萋。
林下小车游未归，尧夫非是爱吟诗。

尧夫非是爱吟诗，诗是尧夫试砚时。
玉未琢前犹索辨，金经煅后更何疑。
当时掉臂人皆笑，今日摇头谁不知。
天外凤凰飞处别，尧夫非是爱吟诗。

尧夫非是爱吟诗，诗是尧夫试笔时。
以至死生犹处了，自余荣辱可知之。
适居堂上行堂上，或在水湄言水湄。
不止省心兼省力，尧夫非是爱吟诗。

尧夫非是爱吟诗。诗是尧夫试墨时。
十室邑中须有信，三人行处岂无师！

谋谟不讲还疏略，思虑伤多又忸怩。
机会失时寻不得，尧夫非是爱吟诗。

尧夫非是爱吟诗，诗是尧夫语道时。
天听虽高只些子，人情相去没多儿。
无声无臭尽休也，不忮不求还得之。
虽有丹青亦难状，尧夫非是爱吟诗。

尧夫非是爱吟诗，诗是尧夫语物时。
物盛物衰随气候，人荣人瘁逐推移。
天边新月有时待，水上落花何处追。
皆是世间常事耳，尧夫非是爱吟诗。

尧夫非是爱吟诗，诗是尧夫语事时。
天若可升非待劝，神如无验不须祈。
人当堂上易施设，事过面前难改移。
世盛世衰非一日，尧夫非是爱吟诗。

尧夫非是爱吟诗，诗是尧夫登阁时。
往事千年徒渺漭，斜阳一片漫光辉。
伊川洛川水似线，太室少室峰如锥。
争者从来是闲气，尧夫非是爱吟诗。

尧夫非是爱吟诗，诗是尧夫隐几时。
尺寸光阴须爱惜，分毫头角莫矜驰。
酒因劝客小盏饮，句到惊人大笔麾。
无入何尝不自得，尧夫非是爱吟诗。

尧夫非是爱吟诗，诗是尧夫咏史时。
旷古第成千觉梦，中原都入一枰棋。

唐虞玉帛烟光紫，汤武干戈草色萋。
观古事多今可见，尧夫非是爱吟诗。

尧夫非是爱吟诗，诗是尧夫对酒时。
处世虽无一分善，行身误有四方知。
大凡观物须生意，既若成章必见辞。
诗者志之所之也，尧夫非是爱吟诗。

尧夫非是爱吟诗，诗是尧夫半老时。
肥遁虽无润屋物，劳谦却有克家儿。
筋骸幸且粗康健，谈笑不妨闲滑稽。
六十二年无事客，尧夫非是爱吟诗。

尧夫非是爱吟诗，诗是尧夫自笑时。
闲散何尝远人事，语言时复泄天机。
至微勋业有难立，尽大功名或易为。
成败一归思虑外，尧夫非是爱吟诗。

尧夫非是爱吟诗，诗是尧夫让仆时。
止会摇头道又借，奈何转脚复为非。
比图为家效功力，更却与物生瑕疵。
失在知人不无过，尧夫非是爱吟诗。

尧夫非是爱吟诗，诗是尧夫可叹时。
大器晚成当自重，小人难养又何疑。
既无一日九迁则，安有终朝三褫之？
若向槿花求远到，尧夫非是爱吟诗。

尧夫非是爱吟诗，诗是尧夫乐事时。
慷慨丈夫无后悔，分明男子有前知。

在寻常时观执守，当仓卒处看施为。
善事没身而已矣，尧夫非是爱吟诗。

尧夫非是爱吟诗，诗是尧夫自喜时。
名在士人当盛世，生于中国作男儿。
良辰美景忍虚废，骤雨飘风无定期。
过此焉能事追悔，尧夫非是爱吟诗。

尧夫非是爱吟诗，诗是尧夫喜老时。
好话说时常愈疾，善人逢处每忘机。
此心是物难为动，其志唯天然后知。
诗是尧夫分付处，尧夫非是爱吟诗。

尧夫非是爱吟诗，诗是尧夫赞仲尼。
大事既去止可叹，皇纲已坠如何追。
由兹春秋无义战，所以定哀多微辞。
绝笔获麟之一句，尧夫非是爱吟诗。

尧夫非是爱吟诗，诗是尧大自在时。
何处不行芳草地，谁家不望小车儿！
花枝好处安详折，酒盏满时揖就持。
闲气虚名都忘了，尧夫非是爱吟诗。

尧夫非是爱吟诗，诗是尧夫自负时。
暖日才从桃李过，凉风又向芰荷吹。
月华正似金波溜，雪片还如柳絮飞。
此乐太平然后见，尧夫非是爱吟诗。

尧夫非是爱吟诗，诗是尧夫自得时。
风露清时收翠润，山川秀处摘新奇。

揄扬物性多存体，拂掠人情薄用辞。
遗味正宜涵泳处，尧夫非是爱吟诗。

尧夫非是爱吟诗，诗是尧夫默坐时。
天意教闲须有谓，人心刚动似无知。
烟轻柳叶眉闲皱，露重花枝泪静垂。
应恨尧夫无一语，尧夫非是爱吟诗。

尧夫非是爱吟诗，诗是尧夫晚望时。
恰见花开更花谢，才闻春至又春归。
流莺啼处春犹在，杜宇来时花已飞。
春至花开春去谢，尧夫非是爱吟诗。

尧夫非是爱吟诗，诗是尧夫春出时。
一点两点小雨过，三声五声流莺啼。
杯深似锦花间醉，车稳如茵草上归。
更在太平无事日，尧夫非是爱吟诗。

尧夫非是爱吟诗，诗是尧夫入夏时。
醪酒竹间留客饮，清风水畔向人吹。
婵娟月色满轩槛，菡萏花香盈袖衣。
乐莫乐于无事乐，尧夫非是爱吟诗。

尧夫非是爱吟诗，诗是尧夫秋出时。
楼上清风犹足喜，水边芳草未全衰。
才凉便可停新酒，薄暮初能着夹衣。
都没人间浪忧喜，尧夫非是爱吟诗。

尧夫非是爱吟诗，诗是尧夫自喜时。
不用虚名矜智数，且无闲气扰心脾。

酒佳蓦地泛一瓶，花好有时簪两枝。
更纵无人讶狂怪，尧夫非是爱吟诗。

尧夫非是爱吟诗，诗是尧夫确论时。
若以后时为失计，必将先手作知几。
三千宾客成何梦，百二山河付阿谁。
弄巧既多翻作拙，尧夫非是爱吟诗。

尧夫非是爱吟诗，诗是尧夫会计时。
进退云山为主判，陶镕水竹是兼司。
莺花旧管三千首，风月初收二百题。
岁暮又须行考课，尧夫非是爱吟诗。

尧夫非是爱吟诗，诗是尧夫觉老时。
不动已求如孟子，无言又欲学宣尼。
能知同道道亦得，始信先天天弗违。
六十三年无事客，尧夫非是爱吟诗。

尧夫非是爱吟诗，诗是尧夫赞易时。
火在内而刑寡妻，风行外而令庶黎。
老成人为福之基，骙孺子为祸之梯。
此理昭然多不知，尧夫非是爱吟诗。

尧夫非是爱吟诗，诗是尧夫记所思。
少日过从都似梦，老年光景只如飞。
快心事固难强觅，到手物如何不为。
欲俟河清人寿几，尧夫非是爱吟诗。

尧夫非是爱吟诗，诗是尧夫重惜时。
万里焦劳无所诉，九重深邃莫能知。

二年斯得诚为晚，七日言诛未是迟。
本固邦宁王道在，尧夫非是爱吟诗。

尧夫非是爱吟诗，诗是尧夫仿佛时。
写字吟诗为润色，通经达道是镃基。
经纶亦可为余事，性命方能尽所为。
可谓一生男子事，尧夫非是爱吟诗。

尧夫非是爱吟诗，诗是尧夫拍手时。
此路清闲都属我，这般欢喜更饶谁。
将何势力为凭藉，著甚言辞与指挥。
迁怒饰非何更有，尧夫非是爱吟诗。

尧夫非是爱吟诗，诗是尧夫试手时。
善死自明非不死，有知谁道胜无知。
杨朱眼泪唯能泣，宋玉心胸只解悲。
为报西风漫相侮，尧夫非是爱吟诗。

尧夫非是爱吟诗，诗是尧夫忆昔时。
天下只知才可处，人间不信事难为。
眼观秋水斜阳远，泪洒西风黄叶飞。
此意如今都去尽，尧夫非是爱吟诗。

尧夫非是爱吟诗，诗是尧夫相度时。
合放手时须放手，得开眉处且开眉。
狂情多见好人喜，僻性少为他物移。
只恨一般言不到，尧夫非是爱吟诗。

尧夫非是爱吟诗，诗是尧夫乐物时。
天地精英都已得，鬼神情状又能知。

陶真意向辞中见，借论言从意外移。
始信诗能通造化，尧夫非是爱吟诗。

尧夫非是爱吟诗，诗是尧夫不乐时。
明月恰圆还却缺，好花才盛又成衰。
返魂丹向何人用，续命汤于甚处施。
天听虽高只些子，尧夫非是爱吟诗。

尧夫非是爱吟诗，诗是尧夫春尽时。
有意落花犹去住，无情流水任东西。
莺传信处音声切，燕诉冤时言语低。
似此误人事多少，尧夫非是爱吟诗。

尧夫非是爱吟诗，诗是天津秋尽时。
见惯不惊新物盛，话长难说故人稀。
云疏烟淡山仍远，露冷天高草已衰。
赖有余樽自斟酌，尧夫非是爱吟诗。

尧夫非是爱吟诗，诗是尧大代记时。
官职固难称太史，文间却欲学宣尼。
能归岂谢陶元亮，善听何惭钟子期。
德若不孤吾道在，尧夫非是爱吟诗。

尧夫非是爱吟诗，诗是尧夫旷望时。
一片园林拥京国，几层楼观犯云霓。
朝昏天气屡变易，今古人情旋合离。
欲问远山唯敛黛，尧夫非是爱吟诗。

尧夫非是爱吟诗，诗是闲观蔬圃时。
暖地春初才郁郁，宿根秋末却披披。

韭葱蒜薤青遮陇，蓣芋姜蘘绿满畦。
时到皆能弄精彩，尧夫非是爱吟诗。

尧夫非是爱吟诗，诗是尧夫穷理时。
语爱何尝过父子，讲和曾未若夫妻。
恩多意思翻成恨，欢极情怀却似悲。
何事人间不如此，尧夫非是爱吟诗。

尧夫非是爱吟诗，诗是尧夫重惜时。
西晋浮夸时可叹，南梁崇尚事堪悲。
仲尼岂欲轻辞鲁，孟子何尝便去齐。
仪凤不来人老去，尧夫非是爱吟诗。

尧夫非是爱吟诗，诗是尧夫自足时。
开口笑多无若我，同心言少更为谁。
田园管勾凭诸子，樽俎安排仰老妻。
不信人间有忧喜，尧夫非是爱吟诗。

尧夫非是爱吟诗，诗是尧夫独酌时。
一盏两盏至三盏，五题七题或十题。
只知人事是太古，不信我身非伏羲。
为幸居多宜自乐，尧夫非是爱吟诗。

尧夫非是爱吟诗，诗是尧夫切虑时。
千世万世所遭遇，圣人贤人曾施为。
当初何故尽有说，在后可能都没辞。
事既不同时又异，尧夫非是爱吟诗。

尧夫非是爱吟诗，诗是尧夫强少时。
筇杖藜杖到手拄，南园北园随意之。

酒醺不怕暖生面，花好尽教香惹衣。
六十四年无事客，尧夫非是爱吟诗。

尧夫非是爱吟诗，诗是尧夫自顾时。
若有意时非语话，都无情处是肝脾。
方将忧已到未到，何暇责人知不知。
因喜圣贤用心远，尧夫非是爱吟诗。

尧夫非是爱吟诗，诗是尧夫自得时。
已把乐为心事业，更将安作道枢机。
未来身上休思念，既入手中须指挥。
迎刃何烦多顾虑，尧夫非是爱吟诗。

尧夫非是爱吟诗，诗是尧夫鉴诫时。
意浅不知多则惑，心灵须识动之微。
行凶既有人诛戮，心善岂无天保持！
读易不唯明祸福，尧夫非是爱吟诗。

尧夫非是爱吟诗，诗是尧夫赞易时。
八卦小成皆有主，三才大备略无遗。
阴阳消长既未已，动静吉凶那不知？
为见至神功效远，尧夫非是爱吟诗。

尧夫非是爱吟诗，诗是尧夫赞易时。
大道备人皆有谓，上天生物固无私。
虽知同道道亦得，未若行天天弗违。
过此圣人犹不语，尧夫非是爱吟诗。

尧夫非是爱吟诗，诗是尧夫十月时。
寒日无光天色远，阴云不动柳丝垂。

园林叶尽鸟未散，道路风多人更稀。
满目时光口难道，尧夫非是爱吟诗。

尧夫非是爱吟诗，诗是尧夫可爱时。
已著意时仍著意，未加辞处与加辞。
物皆有理我何者，天且不言人代之。
代了天工无限说，尧夫非是爱吟诗。

尧夫非是爱吟诗，诗是尧夫不著棋。
大智大谋难忘设，小机小数肯轻为。
泥沙用处宁无惜，蝼蚁驱时忍更窥。
天下也宜留一路，尧夫非是爱吟诗。

尧夫非是爱吟诗，诗是尧夫欢喜时。
欢喜焉能便休得，语言须且略形之。
胸中所有事既说，天下固无人数殊。
更不防闲寻罅漏，尧夫非是爱吟诗。

尧夫非是爱吟诗，诗是尧夫先见时。
直在胸中贫亦乐，屈于人下贵奚为。
谁何药可医无病，多少金能买不疑。
迟老更逢春不老，尧夫非是爱吟诗。

尧夫非是爱吟诗，诗是尧夫不忍时。
戾气中人为疾病，和风养物号清微。
世情非利莫能动，士节待穷然后知。
尚口乃穷非我事，尧夫非是爱吟诗。

尧夫非是爱吟诗，诗是尧夫恨月时。
见说天长在甚处，照教人老待奚为。

婵娟东面才如镜，屈曲西边却皱眉。
由此遂多悲与喜，尧夫非是爱吟诗。

尧夫非是爱吟诗，诗是尧夫爱月时。
松上见时偏淡洁，怀中照处特光辉。
何如亭午更休转，不奈才圆又却亏。
青女素娥应有恨，尧夫非是爱吟诗。

尧夫非是爱吟诗，诗是尧夫中夜时。
拥被不眠还展转，披衣却坐忽寻思。
死生有命尚能处，道德由人却不知。
须是安之以无事，尧夫非是爱吟诗。

尧夫非是爱吟诗，诗是尧夫访友时。
青眼主人偶不在，白头老叟还空归。
几家大第横斜照，一片残春啼子规。
独往独来还独坐，尧夫非是爱吟诗。

尧夫非是爱吟诗，诗是尧夫信脚时。
高祖宅前花似锦，魏王堤畔柳如丝。
因闲看水行来远，就便游园归去迟。
每遇好风还眷眷，尧夫非是爱吟诗。

尧夫非是爱吟诗，诗是尧夫忖度时。
先见固能无后悔，至诚方始有前知。
己之欲处人须欲，心可欺时天可欺。
只被世人难易地，尧夫非是爱吟诗。

尧夫非是爱吟诗，诗是尧夫挥尘时。
每见宾朋须款曲，更和言语不思唯。

方将与物同休戚，何暇共人争是非！
天地与人同一体，尧夫非是爱吟诗。

尧夫非是爱吟诗，诗是尧夫恣纵时。
在世上官虽不做，出人间事却能知。
待天春暖秋凉日，是我东游西泛时。
多少宽平好田地，尧夫非是爱吟诗。

尧夫非是爱吟诗，诗是尧夫服老时。
简尺每称林下士，过从或着道家衣。
须将贤杰同星汉，直把身心比鹿麋。
六十五年无事客，尧夫非是爱吟诗。

尧夫非是爱吟诗，诗是尧夫睡觉时。
梦后旧欢初仿佛，酒醒前事略依稀。
任经生死心无异，虽隔江湖路不迷。
因向此中观至理，尧夫非是爱吟诗。

尧夫非是爱吟诗，诗是尧夫注思时。
事少全由心意足，病多休道药难医。
情当少日须思老，志在安时莫忘危。
天道分明人自昧，尧夫非是爱吟诗。

尧夫非是爱吟诗，诗是尧夫行已时。
政在我时心必尽，事关人处力难为。
人如负我我何预，我若辜人人有词。
就责莫如躬自厚，尧夫非是爱吟诗。

尧夫非是爱吟诗，诗是尧夫自省时。
义若不为无勇也，幸如有过必知之。

面前地恶犹能扫，心上田荒何所欺。
从谏如流是难事，尧夫非是爱吟诗。

尧夫非是爱吟诗，诗是尧夫尽性时。
若圣与仁虽不敢，乐天知命又何疑！
恹恹志意方闲暇，绰绰情怀正坦夷。
心逸日休难状处，尧夫非是爱吟诗。

尧夫非是爱吟诗，诗是尧夫用畜时。
史籍始终明治乱，经书表里见安危。
庖牺可作三才主，孔子当为万世师。
不止前言与往行，尧夫非是爱吟诗。

尧夫非是爱吟诗，诗是尧夫出入时。
草软沙平月陂下，云轻日淡上阳西。
花深柳暗铜驼陌，风暖莺娇金谷堤。
尽是尧夫行乐处，尧夫非是爱吟诗。

尧夫非是爱吟诗，诗看春秋后语时。
七国纵横如破的，九州吞吐若枰棋。
君臣自作逋逃主，将相无非市井儿。
篆入草书犹不误，尧夫非是爱吟诗。

尧夫非是爱吟诗，诗是尧夫晚步时。
信意遂过高祖宅，因行更上魏王堤。
设如终久全无托，何似当初都不知。
料得鬼神知此意，尧夫非是爱吟诗。

尧夫非是爱吟诗，诗是尧夫处困时。
事体极时观道妙，人情尽处看天机。

孝慈亲和未必见，松柏岁寒然后知。
匪石未闻心可转，尧夫非是爱吟诗。

尧夫非是爱吟诗，诗是尧夫处否时。
信道而行安有悔，乐天之外更何疑！
受疑始见周公旦，经厄方明孔仲尼。
大圣大神犹不免，尧夫非是爱吟诗。

尧夫非是爱吟诗，诗是尧夫无奈时。
眼下见荣还见辱，心中疑是又疑非。
上阳宫殿空遗堵，金谷园林但落晖。
天若有言人可问，尧夫非是爱吟诗。

尧夫非是爱吟诗，诗是尧夫掷笔时。
事体顺时为物理，人情安处是天机。
坚如金石犹能动，灵若鬼神何可欺！
此外更无言语道，尧夫非是爱吟诗。

尧夫非是爱吟诗，诗是尧夫自诧时。
许大天时犹可测，些儿人事岂难知？
昆岗美玉人难识，沧海明珠世莫窥。
由是尧夫聊自诧，尧夫非是爱吟诗。

尧夫非是爱吟诗，诗是尧夫慎独时。
人寿百年无以过，心游万仞待何为。
为谋须求心无愧，作事莫幸人不知。
诚尽鬼神犹且惧，尧夫非是爱吟诗。

尧夫非是爱吟诗，诗是尧夫慎与时。
初作事时分可否，始亲人处定安危。

殊乡忠信同思善，异世奸邪共喜私。
岂待较量然后见，尧夫非是爱吟诗。

尧夫非是爱吟诗，诗是尧夫乐事时。
天道亏盈如橐籥，圣人言语似蓍龟。
光阴去后绳难系，筋力衰时药不医。
莫把闲愁伴残照，尧夫非是爱吟诗。

尧夫非是爱吟诗，诗是尧夫重惜时。
争向伪时须便信，奈何真处却生疑。
既称有客告曾子，岂为无人毁仲尼？
父子君臣独未免，尧夫非是爱吟诗。

尧夫非是爱吟诗，诗是尧夫掩卷时。
时过犹能用归妹，物伤长惧入明夷。
夏商盛日何由见，唐汉衰年争忍思。
畎亩不忘天下处，尧夫非是爱吟诗。

尧夫非是爱吟诗，诗是尧夫爱物时。
晓事情怀须洒落，出尘言语必新奇。
山川秀拔宁无孕，天地精英自有归。
粹气始能生粹物，尧夫非是爱吟诗。

尧夫非是爱吟诗，诗是尧夫默识时。
日月既来还却往，园林才盛又成衰。
登山高下虽然见，临水浅深那不知。
世上高深事无限，尧夫非是爱吟诗。

尧夫非是爱吟诗，诗是尧夫自试时。
事体待谙然后信，人情非久莫能知。

同沾雨露蒿莱质，独出雪霜松柏姿。
见惯不如身历过，尧夫非是爱吟诗。

尧夫非是爱吟诗，诗是尧夫可叹时。
只被人间多用诈，遂令天下尽生疑。
樽前一云唐虞揖让三杯酒，坐上交争一局棋。
大小不同而已矣，尧夫非是爱吟诗。

尧夫非是爱吟诗，诗是尧夫凭式时。
乱法奈何非独占，措刑安得见于兹。
当时即有少正卯，今日宁无孔仲尼。
时世不同人一也，尧夫非是爱吟诗。

尧夫非是爱吟诗，诗是尧夫自信时。
必欲全然无后悔，直须晓了有前知。
言忠能尽己所有，事善任他人致疑。
外物从来自难必，尧夫非是爱吟诗。

尧夫非是爱吟诗，诗是尧夫无必时。
或让或争时既往，相因相革事难齐。
羲轩尧舜前规矩，汤武桓文旧范围。
一笔写成还抹了，尧夫非是爱吟诗。

尧夫非是爱吟诗，诗是尧夫何所为？
睡思动时亲瓮牖，幽情发处旁盆池。
寻芳更用小车去，得句角将大笔麾。
余事不妨闲润色，尧夫非是爱吟诗。

尧夫非是爱吟诗，诗是尧夫诧老时。

金玉过从旧朋友，糟糠欢喜老夫妻。
瓦烧酒盏连醅饮，纸画棋盘就地围。
六十六年无事客，尧夫非是爱吟诗。

尧夫非是爱吟诗，诗是尧夫乐静时。
乐里君臣慵点对，琴中文武倦更移。
鼎间龙虎忘看守，棋上山河废指挥。
亦恐因而害天性，尧夫非是爱吟诗。

尧夫非是爱吟诗，诗是尧夫谈笑时。
国士待人能尽意，山翁道我会开眉。
盏随酒量徐徐饮，榻逐花阴旋旋移。
此乐再寻非易得，尧夫非是爱吟诗。

尧夫非是爱吟诗，诗是尧夫惊骇时。
暮雨朝云才半日，春华秋叶未多时。
即今世态已堪叹，过此人情更可知。
一暑一寒何太急，尧夫非是爱吟诗。

尧夫非是爱吟诗，诗是尧夫自诧时。
多少事多都在己，人忧人喜更由谁。
壶中日月明长在，洞里乾坤春不归。
谁道光阴如过隙，尧夫非是爱吟诗。

尧夫非是爱吟诗，诗是尧夫疏散时。
早是小诗无检束，那堪大字更狂迷。
既贪李杜精神好，又爱欧王格韵奇。
余事不妨闲戏弄，尧夫非是爱吟诗。

尧夫非是有吟诗，诗是尧夫语事时。

举动苟能循义理，辨明安用致言辞！
艰难图处费心力，容易来时省指挥。
欲盖而彰事多矣，尧夫非是爱吟诗。

尧夫非是爱吟诗，诗是尧夫得意时。
物向物中观要妙，人于人上看几微。
物中要妙眼要见，人上几微心里知。
且是有金无处买，尧夫非是爱吟诗。

尧夫非是爱吟诗，诗是尧夫不强时。
事到强为须涉迹，人能知止是先机。
面前自有好田地，天下岂无平路坡！
省力事多人不做，尧夫非是爱吟诗。

尧夫非是爱吟诗，诗是尧夫得意时。
这意著何言语道，此情唯用喜欢追。
仙家气象闲中见，真宰功夫静处知。
不必深山更深处，尧夫非是爱吟诗。

尧夫非是爱吟诗，诗是尧夫喜老时。
明着衣冠为士子，高谈仁义作男儿。
敢于世上明开眼，肯向人间浪皱眉。
六十七年无事客，尧夫非是爱吟诗。

尧夫非是爱吟诗，诗是尧夫难老时。
齿暮乍逢新岁月，眼明初见旧亲知。
欢情此去未伏减，饮量近来差觉低。
六十七年无事客，尧夫非是爱吟诗。

尧夫非是爱吟诗，诗是尧夫慎动时。

枉道干名名亦失，拂民从欲欲还隳。
号为贤者能从善，名曰小人能饰非。
大佞似忠非易辩，尧夫非是爱吟诗。

尧夫非是爱吟诗，诗是尧夫有激时。
留在胸中防作恨，发于词上恐成疵。
芝兰见处须收采，金玉逢时莫弃遗。
到此尧夫常自贺，尧夫非是爱吟诗。

尧夫非是爱吟诗，诗是尧夫有愧时。
空受半来天卜拜，却无些子自家为。
心能尽处我自慰，力不周时人亦知。
只恨一般言未得，尧夫非是爱吟诗。

尧夫非是爱吟诗，诗是尧夫诧剑时。
当煅炼时分劲节，到磨砻处发光辉。
长蛇封豕休撩乱，狡兔妖狐莫陆离。
此器养来年岁久，尧夫非是爱吟诗。

光和尧夫首尾吟

尧夫非是爱吟诗，安我窝中无所为。
古道白头无处用，今时青眼几人知。
嵩山洛水长相见，秋月春风不失期。
筋力虽衰才思壮，递年比较未尝亏。

颢　和

先生非是爱吟诗，为要形容至乐时。
醉里乾坤都寓物，闲来风月更输谁。

死生有命人何预，消长随时我不悲。
直对希夷无事处，先生非是爱吟诗。

弼观罢走笔书后卷

黎民于变是尧时，便字尧夫德可知。
更览新诗名击壤，先生全道略无遗。

集外诗

过比干墓

精诚皎于日，发出为忠辞。方寸已尽破，独夫犹不知。
高坟临大道，老木无柔枝。千古存遗像，翻为谄子嗤。

自　遣

读书忘岁月，人竞笑蹉跎。但得甘旨足，宁辞辛苦多。
龙泉去芒刃，蜗角亦风波。知我为亲老，不知将谓何！

共城十吟小序

予家有园数十亩，皆桃李梨杏之类，在卫之西郊。自始营十余载矣，未尝熟。观花之开，属以男子之常事也。去年冬，会病归自京师，至今年春始偶花之繁茂，复悼身之穷处，故有春郊诗一什，虽不合于雅焉，抑亦导于情耳。庆历丁亥岁。

其一曰春郊闲居

居处虽近郭，不欲登城市。尽日客不来，至夜门犹闭。
院静春正浓，窗闲昼复寐。谁知藜藿中，自有诗书味。

其二曰春郊闲步

病起复惊春，携筇看野新。水边逢钓者，垅上见耕人。
访彼形容苦，酬予家业贫。自惭功济力，未得遂生民。

其三曰春郊芳草

春风必有刀，离肠被君断。春风既无刀，芳草何人剪。
肠断不复接，草剪益还生。谁人有芳酒，为我高歌倾！

其四曰春郊花开

桃李正芬敷，花繁覆敝庐。乱香寻密牖，碎影下前除。
静远昼眠后，轻攀春醉余。纵然观尽日，谁敢罪狂疏！

其五曰春郊寒食

郭外花亦繁，不谓繁华失。幸非在郭中，不见繁华物。
不寒不暖天，半阴半晴日。花外秋千鸣，月隔秋千山。

其六曰春郊晚望

风暖啭鸣禽，天低薄薄阴。烟容凝垅曲，雨意弄河心。
柳隔高城远，花藏旧县深。犹怜身卧病，犹许后春寻。

其七曰春郊雨中

九野散漫漫，连昏鸟道间。坐中迷远树，门外失前山。
袯襫耕夫喜，幈幪居者闲。骚人正凝暗，天际意初还。

其八曰春郊雨后

雨歇荡余春，天光露太真。茵铺芳草软，锦濯烂花新。
风触莺簧健，烟舒柳带匀。如何当此景，闲卧度昌辰。

其九曰春郊旧酒

花开风雨后，忍病欲消磨。未是疏狂极，其如困顿何。
梁间新燕乱，天外去鸿多。总是灰心事，冥焉昼午过。

其十曰春郊花落

春暮多风雨，离披满后园。晓余残片拥，晴外乱红翻。
香径难留裛，娇心绝弄繁。成蹊是桃李，狼籍尚无言。

寄杨轩

淇水清且泚，泉源发吾地。流到君家时，尽是思君意。

洛阳怀古赋

洛阳之为都也，居天地之中，有中天之王气在焉。予家此，始半岁，会秋乘雨霁，与殿院刘君玉登天宫寺三宝阁，洛之风景因得周览。惜其百代兴废以来，天子虽都之，而多不得其久居也，故有怀古之感，以通讽谕。君玉好赋，请以赋言。

秋雨霁，日色清。景方出，秋益明。何幽怀之能快？唯高阁之可凭。天之空廓，风之轻冷，览三川之形胜，感千古之废兴。乃眷西北，物华之妍，云情物态，一气茫然。拥楼阁以高下，焕金碧之光鲜。当地势之拱处，有王居之在焉。惜乎天子居东都，此邦若诸夏，不会要于方来，不号令于天下。声明文物，不此而出；道德仁义，不此而化。宫殿森列，鞠而为茂草；园囿棋布，荒而为平野。鸾舆曾不到者三十余年，使人依然而叹曰：虚有都之名也。噫！夏王之治水也，四海之内，列壤唯九，而居中者，实曰豫州。荆河之北，此为上流。周公之卜宅也，率土之滨，建国为万，而居中者，实曰洛阳。瀍涧之侧，此唯旧邦。迄于今日，二千年之有余。因兴替之不定，故靡常其厥居。我所以作《赋》者，阅古今变易之时，述兴亡异同之迹。追既失之君王，存后来之国家也。

噫！太昊始法，二帝成之。三王全法，参用适宜。伊六圣之经理，实万世之宗师。我乃谓治民之道，于是乎大尽矣。逮夫五霸抗轨，七雄驾威。汉之兴乘秦之弊，曹之擅幸汉之衰。始鼎立而治，终豆分而隳。晋中原之失守，宋江左之画畿。或走齐而驿魏，或道陈而经隋。自元魏廓河南之土，植六朝之风物。李唐蟠关中之腹，孕五代之乱离。其间，或道胜而得民，或兵强而慑下；或虎吞而龙噬，或鸡狂而犬诈；或创业于艰难，或守成于逸暇；或覆餗而终焉，或包桑而振者。故得陈其六事，虽善恶不同，其成败一也。

其一曰：大哉！德之为大也，能润天下，必先行之于身，然后化之于人。化也者，效之也，自人而效我者也。所以不严而治，不为而成，不言而信，不令而行。顺天下之性命，育天下之生灵。其帝者之所为乎！

其二曰：至哉！政之为大也，能公天下，必先行之于身，然后教之于人。教也者，正之也，自我而正人者也。所以有严而治，有为而成，有言而信，有令而行。拔天下之疾苦，遂天下之生灵。其王者之所为乎！

其三曰：壮哉！力之为大也，能致天下，必先丰府库，峙仓箱，锐锋镝，峻金汤。严法令于烈火，肃兵刑于秋霜。竦民听于上下，慑夷心于外荒。其霸者之所为乎！

其四曰：时若伤之于随，失之于宽，始则废事，久而生奸。既利不能胜言，故冗得以疾贤。是必薄其赋敛，欲民不困而民愈困；省其刑罚，欲民不残而民愈残。盖致之之道，失其本矣。

其五曰：时若任之以明，专之以察，始则烈烈，终焉阙阙。既上下以交虐，乃恩信之见夺。是必峻其刑罚，欲民不犯而民愈犯；厚其赋敛，欲国不竭而国愈竭。盖致之之道，失其末矣。

其六曰：水旱为沴，年岁丰虚，此天地之常理，虽圣人不能无，盖有备而无患。不得中者，加以宽猛失政，重轻逸权，不有水旱兵革而民已困，而况有水旱兵革者焉。

所谓“本末交失，不亡何待”，天下有成败六焉，此之谓也。君天下者，得不用圣帝之典谟[①]，行明王之教化。士可杀，不可夺；民可近，不可下。上能抚如子焉，下必戴其后也。仲尼所以陈革命，则抑为人之匪君。明逊国，则杜为人之不臣。定《礼》、《乐》而一天下之政教，修《春秋》而罪诸侯之乱伦。删《诗》以扬文武之美，序《书》以尊尧舜之仁。赞大《易》以都括，与《六经》而并存。意者不可以地之重易民之教，不可以民之教悖天之时。（必时）教之各备，则居地而得宜，是故知地不可固有之也。君上必欲上为帝事，则请执天道焉；中为王事，则请执人道焉；下为霸事，则请执地道焉。三道之间，能举其一，千古之上，犹反掌焉。则是洛之兴也，又何计乎都与不都也？如欲用我，吾从其中。

校者注　①　典谟：意思是《尚书》中《尧典》《舜典》和《大禹谟》《皋陶谟》等篇的并称。

《伊川击壤集》后序

圣人不作，而士溺于成俗，忽不自知，日入于卑。近有能奋然拔起，追古人于数千百年之上，独与之为徒者，传所谓豪杰之士，康节先生是已。先生之学，以先天地为宗，以皇极经世为业，揭而为图，萃而成书。其论世尚友，乃直以尧舜之事而为之师。其发为文章者，盖特先生之遗余。至其形于咏歌声而成诗者，则又其文章之余，皆德人之言，郁于中而著于外，故其所摭者近而所托者远，为体小而推类大。其始感发于性情之间，乃若自幸生天下无事，饥而食，寒而衣，不知帝力之何有于我，陶然有以自乐，而其极乃蕲于身尧舜之民，而寄意于唐虞之际。此先生所以自名其集曰《击壤》也。

余尝读阮籍、陶潜诗，爱其平易浑厚，气全而致远。二人之学，固非先生比，然皆志趣高邈，不为时俗所汩没、事物所侵乱，其胸中所守者完且固，则其为诗不烦于绳削而自工，又况于正声大雅之什不为陶、阮者乎？先生其状退，然其气和，与人不为崖异。初若可亲，既而莫不起敬，终以屈服，岂所谓德全之人哉？其诗如璞玉，如良金，温粹精明而不见其廉隅，锋颖如其为人，浑浑浩浩，简易较直，薰然太和，不名一体，足以想见乎尧舜之时。其行已立言，若使遭遇其时，摅发其蕴，则虽致其君为尧舜，疑不难，而道不小行，人不易知，故荜门环堵，卒老于伊洛之间，而行谊信天下，名声动京师。朝廷始以为试将作监主簿，既又为颍州团练推官，而以疾辞不起。已而道益尊，称益显，贤士大夫往来过洛者，必造其庐，居守河南尹而（天）下莫不亲礼之，愿见其颜色，聆其语言，四方英才好学之士，皆愿质疑请益而受业焉。其殁也，守臣以为言，诏赠秘书省著作郎，加赙粟帛。久之，韩献肃公守洛，又为之请谥于朝，奏下太常，赐谥“康节”。盖自本朝有天下百四十年间，隐逸处士名行始卒完具无玷缺，而朝廷旌命及存殁赙恤赠谥无一或阙，愈久而愈光者，先生一人而已。

恕尝从先生学，而奉亲从仕南北，未之卒业。然于讲闻其文章，而次第其本末，则或能之。其子伯温裒类先生之诗凡若干篇，先生固尝自为《序》矣，又属恕以系其后，义可辞乎！

元祐六年辛未夏六月甲子十有三日原武邢恕[①]序

校者注 ① 邢恕：字和叔，郑州原武（今河南省原阳西）人。早年从二程（程颢、程颐），举进士学，补永安主簿。宋神宗熙宁二年（1069 年），为崇文院校书，忤王安石，出知延陵县。元丰二年（1079 年）。为馆阁校勘。元祐四年（1089 年），蔡确败，贬永州监仓。哲宗亲政，知青州，召为刑部侍郎，累迁御史中丞。徽宗即位，贬少府少监分司西京，居均州。崇宁三年（1104 年）蔡京当国，起为河东路经略安抚使。以谋略乖方，徙知太原等州府，未几夺职。卒年七十。

附录一

《渔樵问对》[①]

渔者垂钓于伊水之上，樵者过之，弛担息肩，坐于磐石之上，而问于渔者。

曰："鱼可钩取乎？"

曰："然。"

曰："钩非饵可乎？"

曰："否。"

曰："非钩也，饵也。鱼利食而见害，人利鱼而获利，其利同也，其害异也。敢问何故？"

渔者曰："子樵者也，与吾异治，安得侵吾事乎？然亦可以为子试言之。彼之利，犹此之利也；彼之害，亦犹此之害也。子知其小，未知其大。鱼之利食，吾亦利乎食也；鱼之害食，吾亦害乎食也。子知鱼终日得食为利，又安知鱼终日不得食不为害？如是，则食之害也重，而钩之害也轻。子知吾终日得鱼为利，又安知吾终日不得鱼不为害也？如是，则吾之害也重，鱼之害也轻。以鱼之一身，当人之一食，是鱼之害多矣；以人之一身，当鱼之一食，则人之害亦多矣。又安知钩乎？大江大海，则无异地之患焉。鱼利乎水，人利乎陆，水与陆异，其利一也；鱼害乎饵，人害乎财，饵与财异，其害一也。又何必分乎彼此哉！子之

校者注 ① 《渔樵问对》：此书着力论述天地万物、阴阳化育和生命道德的奥妙和哲理。该书通过樵子问、渔父答的方式，将天地、万物、人事、社会归之于易理，并加以诠释，目的是让樵者明白"天地之道备于人，万物之道备于身，众妙之道备于神，天下之能事毕矣"的道理。《渔樵问对》中的主角是渔父，所有的玄理都出自渔父之口，在书中，渔父已经成了"道"的化身。

言体也，独不知用尔。”

樵者又问曰：“鱼可生食乎？”

曰：“烹之可也。”

曰：“必吾薪济子之鱼乎？”

曰：“然。”

曰：“吾知有用乎子矣。”

曰：“然则子知子之薪，能济吾之鱼，不知子之薪所以能济吾之鱼也。薪之能济鱼久矣，不待子而后知。苟世未知火之能用薪，则子之薪虽积丘山，独且奈何哉？”

樵者曰：“愿闻其方。”

曰：“火生于动，水生于静。动静之相生，水火之相息。水火用也，草木体也。用生于利，体生于害。利害见乎情，体用隐乎性。一性一情，圣人能成。子之薪犹吾之鱼，微火则皆为腐臭朽坏而无所用矣，又安能养人七尺之躯哉？”

樵者曰：“火之功大于薪，固已知之矣。敢问善灼物，何必待薪而后传？”

渔者曰：“薪，火之体也；火，薪之用也。火无体，待薪然后为体；薪无用，待火而后为用。是故凡有体之物，皆可焚之矣。”

曰：“水有体乎？”

曰：“然。”

曰：“火能焚水乎？”

曰：“火之性，能迎而不能随，故灭；水之体，能随而不能迎，故热。是故有温泉而无寒火，相息之谓也。”

曰：“火之道生于用，亦有体乎？”

曰：“火以用为本，以体为末，故动；水以体为本，以用为末，故静。是火亦有体，水亦有用也。故能相济又能相息，非独水火则然，天下之事皆然，在乎用之何如尔。”樵者曰：“用可得闻乎？”

曰：“可以意得者，物之性也；可以言传者，物之情也。可以象求者，物之形也；可以数取者，物之体也。用也者，妙万物为言者也，可以意得，而不可以言传。”

曰："不可以言传，则子恶得而知之乎？"

曰："吾所以得而知之者，固不能言传，非独吾不能传之以言，圣人亦不能传之以言也。"

曰："圣人既不能传之以言，则六经非言也耶？"

曰："时然后言，何言之有？"

樵者赞曰："天地之道备于人，万物之道备于身，众妙之道备于神，天下之能事毕矣，又何思何虑！吾而今而后，知事心践形之为大，不及子之门，则几至于殆矣。"乃析薪烹鱼而食之，饫而论《易》。

渔者与樵者游于伊水之上。

渔者叹曰："熙熙乎万物之多，而未始有杂。吾知游乎天地之间，万物皆可以无心而致之矣。非子，则吾孰与归焉？"

樵者曰："敢问无心致天地万物之方？"

渔者曰："无心者，无意之谓也。无意之意，不我物也。不我物，然后能物物。"

曰："何谓我，何谓物？"

曰："以我徇物，则我亦物也；以物徇我，则物亦我也。我物皆致意，由是明天地亦万物也。何天地之有焉？万物亦天地也。何万物之有焉？万物亦我也。何万物之有焉？我亦万物也。何我之有焉？何物不我？何我不物？如是则可以宰天地，可以司鬼神，而况于人乎，况于物乎？"

樵者问渔者曰："天何依？"

曰："依乎地。"

曰："地何附？"

曰："附乎天。"

曰："然则天地何依何附？"

曰："自相依附。天依形，地附气。其形也有涯，其气也无涯。有无之相生，形气之相息。终则有始，终始之间，其天地之所存乎？天以用为本，以体为末；地以体为本，以用为末。利用出入之谓神，名体有无之谓圣。唯神与圣，能参乎天地者也。小人则日用而不知，故有害生实丧之患也。夫名也者，实之客也；利也者，害之主也。名生于不足，利丧于有余。害生于有余，实丧于不足。此理之常也。养身者必以利，贪夫则以身殉利，故有害生焉。立身必以名，众人则以身殉名，故有实丧焉。窃人之财谓之盗，其始取之也，唯恐其不多也，及其败露也，唯恐其多矣。夫贿之与赃，一物也而两名者，利与害故也。窃人之美谓之徼，其始取之也，唯恐其不多也，及其败露也，唯恐其多矣。夫誉与毁，一事也而两名者，名与实故也。凡言朝者，萃名之所也。市者，聚利之地也。能不以争处乎其间，虽一日九迁，一货十倍，何害生实丧之有耶！是知争也者，取利之端也；让也者，趋名之本也。利至则害生，名兴则实丧，利至名兴，而无害生实丧之患，唯有德者能之。天依地，地附天，岂相远哉！”

渔者谓樵者曰：“天下将治，则人必尚行也；天下将乱，则人必尚言也。尚行，则笃实之风行焉；尚言，则诡谲之风行焉。天下将治，则人必尚义也；天下将乱，则人必尚利也。尚义，则谦让之风行焉；尚利，则攘夺之风行焉。三王，尚行者也；五霸，尚言者也。尚行者必入于义也，尚言者必入于利也。义利之相去，一何如是之远耶？是知言之于口，不若行之于身；行之于身，不若尽之于心。言之于口，人得而闻之；行之于身，人得而见之；尽之于心，神得而知之。人之聪明犹不可欺，况神之聪明乎？是知无愧于口，不若无愧于身；无愧于身，不若无愧于心。无口过易，无身过难；无身过易，无心过难。既无心过，何难之有？吁，安得无心过之人，与之语心哉！”

渔者谓樵者曰：“子知观天地万物之道乎？”

樵者曰：“未也。愿闻其方。”

渔者曰：“夫所以谓之观物者，非以目观之也；非观之以目，而观之以心也；非观之以心，而观之以理也。天下之物，莫不有理焉，莫不有性焉，莫不有命焉。所以谓之理者，穷之而后可知也；所以谓之性者，尽之而后可知也；所以谓之命者，至之而后可知也。此三知者，天下之真知也。虽圣人无以过之也，而过之者，非所以谓之圣人也。夫鉴之所以能为明者，谓其能不隐万物之形也。虽然鉴之能不隐万物之形，未若水之能一万物之形也。虽然水之能一万物之形，又未若圣人之能一万物之情也。圣人之所以能一万物之情者，谓其圣人之能反观也。所以谓之反观者，不以我观物也。不以我观物者，以物观物之谓也。既能以物观物，又安有我于其间哉？是知我亦人也，人亦我也，我与人皆物也。此所以能用天下之目为己之目，其目无所不观矣。用天下之耳为己之耳，其耳无所不听矣。用天下之口为己之口，其口无所不言矣。用天下之心为己之心，其心无所不谋矣。夫天下之观，其于见也，不亦广乎！天下之听，其于闻也，不亦远乎！天下之言，其于论也，不亦高乎！天下之谋，其于乐也，不亦大乎！夫其见至广，其闻至远，其论至高，其乐至大，能为至广、至远、至高、至大之事，而中无一为焉，岂不谓至神至圣者乎！非唯吾谓之至神至圣者乎，而天下谓之至神至圣者乎！非唯一时之天下谓之至神至圣者乎，而千万世之天下谓之至神至圣者乎！过此以往，未之惑知也已。”

樵者问渔者曰：“子以何道而得鱼？”

曰：“吾以六物具而得鱼。”

曰：“六物具也，岂由天乎？”

曰：“具六物而得鱼者，人也。具六物而所以得鱼者，非人也。”

樵者未达，请问其方。

渔者曰：“六物者，竿也、纶也、浮也、沉也、钩也、饵也。一不具，则鱼不可得。然而六物具而不得鱼者，非人也。六物具而不得鱼者有焉，未有六物不具而得鱼者也。是知具六物者，人也。得鱼与不得鱼，天也。六物不具而不得鱼者，非天也，人也。”

樵者曰：“人有祷鬼神而求福者，福可祷而求耶？求之而可得耶？敢问其所以。”

曰：“语善恶者，人也。祸福者，天也。天道福善而祸淫，鬼神岂能违天乎？自作之咎，固难逃已；天降之灾，禳之奚益！修德积善，君子常分，安有余事于其间哉！”

樵者曰：“有为善而遇祸，有为恶而获福者，何也？”

渔者曰：“有幸与不幸也。幸不幸，命也。当不当，分也。一命一分，人其逃乎？”

曰：“何谓分，何谓命？”

曰：“小人之遇福，非分也，有命也；当祸，分也，非命也。君子之遇祸，非分也，有命也；当福，分也，非命也。”

渔者谓樵者曰：“人之所谓亲，莫如父子也；人之所谓疏，莫如路人也。利害在心，则父子过路人远矣。父子之道，天性也。利害犹或夺之，况非天性者乎！夫利害之移人，如是之深也，可不慎乎！路人之相逢则过之，固无相害之心焉，无利害在前故也。有利害在前，则路人与父子又奚择焉？路人之能相交以义，又何况父子之亲乎！夫义者，让之本也；利者，争之端也。让则有仁，争则有害。仁与害，何相去之远也。尧、舜亦人也，桀、纣亦人也，人与人同，而仁与害异尔。仁因义而起，害因利而生。利不以义，则臣弑其君者有焉，子弑其父者有焉。岂若路人之相逢，一日而交袂于中逵者哉！”

樵者谓渔者曰：“吾尝负薪矣，举百斤而无伤吾之身，加十斤则遂伤吾之身。敢问何故？”

渔者曰：“樵，则吾不知之矣。以吾之事观之，则易地皆然。吾尝钩而得大鱼，与吾交战，欲弃之则不能舍，欲取之则未能胜，终日而后获，几有没溺之患矣。非直有身伤之患耶？鱼与薪，则异也，其贪而为伤，则一也。百斤力，分之内者也；十斤力，分之外者也。力分之外，虽一毫犹且为害，而况十斤乎！吾之贪鱼，亦何以异子之贪薪乎！”樵者叹曰：“吾而今而后，知量力而动者，智矣哉！”

樵者谓渔者曰：“子可谓知《易》之道矣。吾敢问‘《易》有太极’，太极，何物也？”

曰：“无为之本也。”

曰：“‘太极生两仪’，两仪，天地之谓乎？”

曰：“两仪，天地之祖也，非止为天地而已也。太极分而为二，先得一为一，后得一为二，一二谓两仪。”

曰：“‘两仪生四象’，四象，何物也？”

曰：“四象谓‘阴阳刚柔’。有阴阳，然后可以生天；有刚柔，然后可以生地。立功之本，于斯为极。”

曰：“‘四象生八卦’，八卦，何谓也？”

曰：“谓乾、坤、离、坎、兑、艮、震、巽之谓也。迭相盛衰，终始于其间矣。因而重之，则六十四卦由是而生也，而《易》之道始备矣。”

樵者问渔者曰：“复何以见天地之心乎？”

曰：“先阳已尽，后阳始生，则天地始生之际，中则当日月始周之际，末则当星辰始终之际。万物死生，寒暑代谢，昼夜迁变，非此无以见之。当天地穷极之所必变，变则通，通则久，故《象》言‘先王以至日闭关，商旅不行，后不省方’，顺天故也。”

樵者谓渔者曰：“‘无妄，灾也’，敢问其故？”

曰：“妄，则欺也。得之必有祸，欺有妄也。顺天而动，有祸及者，非祸也，灾也。犹农有思丰而不勤稼穑者，其荒也，不亦祸乎？农有勤稼穑而复败诸水旱者，其荒也，不亦灾乎？故《象》言‘先王以茂对时，育万物’，贵不妄也。”

樵者问曰：“姤，何也？”

曰：“姤，遇也。柔遇刚也，与夬正反。夬始逼壮，姤始遇壮，阴始遇阳，故称姤焉。观其姤，天地之心亦可见矣。圣人以德化，及此罔有不昌，故《象》言‘后以施命诰四方’，‘履霜’之慎，其在此也。”

渔者谓樵者曰：“春为阳始，夏为阳极，秋为阴始，冬为阴极。阳始则温，阳极则热；阴始则凉，阴极则寒。温则生物，热则长物，凉则收物，寒则杀物。皆一气其别而为四焉，其生万物也亦然。”

樵者问渔者曰：“人之所以能灵于万物者，何以知其然耶？”

渔者对曰：“人之所以能灵于万物者，谓其目能收万物之色，耳能收万物之声，鼻能收万物之气，口能收万物之味。声色气味者，万物之体也。目耳口鼻者，万人之用也。体无定用，唯变是用。用无定体，唯化是体。体用交而人物之道于是乎备矣。然则人亦物也，圣人亦人也。有一物之物，有十物之物，有百物之物，有千物之物，有万物之物，有亿物之物，有兆物之物。生一一之物，当兆物之物者，岂非人乎？有一人之人，有十人之人，有百人之人，有千人之人，有万人之人，有亿人之人，有兆人之人。生一一之人，当兆人之人者，岂非圣乎？是知人也者，物之至者也；圣也者，人之至者也。物之至者，始得谓之物之物也；人之至者，始得谓之人之人也。夫物之至者，至物之谓也；而人之至者，至人之谓也。以一至物而当一至人，则非圣人而何？人谓之不圣，则吾不信也。何哉？谓其能以一心观万心，一身观万身，一物观万物，一世观万世者焉。又谓其能以心代天意，口代天言，手代天工，身代天事者焉。又谓其能以上识天时，下尽地理，中尽物情，通照人事者焉。又谓其能以弥纶天地，出入造化，进退今古，表里人物者焉。噫！圣人者，非世世而效圣焉，吾不得而目见之也。虽然吾不得而目见之，察其心，观其迹，探其体，潜其用，虽亿万年亦可以理知之也。人或告我曰'天地之外，别有天地万物，异乎此天地万物'，则吾不得而知已。非唯吾不得而知已也，圣人亦不得而知之也。凡言知者，谓其心得而知之也。言之者，谓其口得而言之也。既心尚不得而知之，口又恶得而言之乎！以心不可得知而知之，是谓妄知也。以口不可得言而言之，是谓妄言也。吾又安能从妄人而行妄知、妄言者乎！"

渔者谓樵者曰："仲尼有言曰：'殷因于夏礼，所损益可知也；周因于殷礼，所损益可知也。其或继周者，虽百世可知也。'夫如是，则何止千百世而已哉！亿千万世，皆可得而知之也。人皆知仲尼之为仲尼，不知仲尼之所以为仲尼。不欲知仲尼之所以为仲尼则已，如其必欲知仲尼之所以为仲尼，则舍天地将奚之焉？人皆知天地之为天地，不知天地之所以为天地。不欲知天地之所以为天地则已，如其必欲知天地之所以为天地，则舍动静将奚之焉？夫一动一静之间者，天地人之至妙至妙者欤？是知仲尼之所以尽三才之道者，谓其行无辙迹也。故有言曰：'予欲无言。'又曰：'天何言哉？四时行焉，百物生焉。'其此之谓与？"

渔者谓樵者曰："大哉！权之与变乎，非圣人无以尽之，变然后知天地之消长，权然后知天下之轻重。消长，时也；轻重，事也。时有否泰，事有损益。圣人不知随时否泰之道，奚由知变之所为乎？圣人不知随时损益之道，奚由知权之所为乎？运消长者，变也；处轻重者，权也。是知权之与变，圣人之一道耳。"樵者问渔者曰："人谓死而有知，有诸？"

曰："有之。"

曰："何以知其然？"

曰："以人知之。"

曰："何者谓之人？"

曰："目耳鼻口、心胆脾肾之气全，谓之人。心之灵曰神，胆之灵曰魄，脾之灵曰魂，肾之灵曰精。心之神发乎目，则谓之视；肾之精发乎耳，则谓之听；脾之魂发乎鼻，则谓之臭；胆之魄发乎口，则谓之言。八者具备，然后谓之人。夫人也者，天地万物之秀气也。然而亦有不中者，各求其类也。若全得人类，则谓之曰全人之人。夫全类者，天地万物之中气也，谓之曰全德之人也。全德之人者，人之人者也。夫人之人者，仁人之谓也。唯全人，然后能当之。人之生也，谓其气行；人之死也，谓其形返。气行则神魂交，形返则精魄存。神魂行于天，精魄返于地。行于天，则谓之曰阳行；返于地，则谓之曰阴返。阳行则昼见而夜伏者也，阴返则夜见而昼伏者也。是故，知日者月之形也，月者日之影也；阳者阴之形也，阴者阳之影也；人者鬼之形也，鬼者人之影也。人谓鬼无形而无知者，吾不信也。"

樵者问渔者曰："小人可绝乎？"

曰："不可。君子禀阳正气而生，小人禀阴邪气而生。无阴则阳不成，无小人则君子亦不成，唯以盛衰乎其间也。阳六分则阴四分，阴六分则阳四分，阴阳相半则各五分矣。由是知君子小人之时有盛衰也。治世，则君子六分，君子六分，则小人四分，小人固不能胜君子矣。乱世，则反是。君君，臣臣，父父，子子，兄兄，弟弟，夫夫，妇妇，谓各安其分也。君不君，臣不臣，父不父，子不子，兄不兄，弟不弟，夫不夫，妇不妇，谓各失其分也。此则由世治世乱，使之然也。君子常行胜言，小人常言胜行。故世治则笃实之士多，世乱则缘饰之士众。笃实鲜不成事，缘饰鲜不败事。成多国兴，败多国亡。家亦由是而兴亡也。夫兴家与兴国之人，与亡国亡家之人，相去一何远哉！"

樵者问渔者曰："人所谓才者，有利焉，有害焉者，何也？"

渔者曰："才一也，利害二也。有才之正者，有才之不正者。才之正者利乎人，而及乎身者也；才之不正者利乎身，而害乎人者也。"

曰："不正，则安得谓之才？"

曰："人所不能而能之，安得不谓之才！圣人所以惜乎才之难者，谓其能成天下之事而归之正者寡也。若不能归之以正才，则才矣难乎语其仁也。譬犹药之疗疾也，毒药亦有时而用也，可一而不可再也，疾愈则速已，不已则杀人矣。平药则常日而用之可也，重疾非所以能治也。能驱重疾而无害人之毒者，古今人所谓良药也。《易》曰：‘大君有命，开国承家，小人勿用’，如是则小人亦有时而用之，时平治定，用之则否。《诗》云：‘它山之石，可以攻玉’，其小人之才乎！”

樵者谓渔者曰：“国家之兴亡，与夫才之邪正，则固得闻命矣。然则何不择其人而用之？”

渔者曰：“择臣者，君也；择君者，臣也。贤愚各从其类而为，奈何有尧舜之君，必有尧舜之臣。有桀纣之君，必有桀纣之臣。尧舜之臣生乎桀纣之世，犹桀纣之臣生于尧舜之世，必非其所用也。虽欲为祸为福，其能行乎！夫上之所好，下必好之。其若影响，岂待驱率而然耶！上好义，则下必好义，而不义者远矣；上好利，则下必好利，而不利者远矣。好利者众，则天下日削矣；好义者众，则天下日盛矣。日盛则昌，日削则亡。盛之与削，昌之与亡，岂其远乎！在上之所好耳。夫治世何尝无小人，乱世何尝无君子，不用则善恶何由而行也。”樵者曰：“善人常寡，而不善人常众。治世常少，而乱世常多。何以知其然耶？”

曰：“观之于物，何物不然？譬诸五谷，耘之而不苗者有矣，蓬莠不耘而犹生，耘之而求其尽也，亦未如之何矣。由是知君子小人之道，有自来矣。君子见善则喜之，见不善则远之；小人见善则疾之，见不善则喜之。善恶各从其类也。君子见善则就之，见不善则违之；小人见善则违之，见不善则就之。君子见义则迁，见利则止；小人见义则止，见利则迁。迁义则利人，迁利则害人。利人与害人，相去一何远耶！家与国一也，其兴也，君子常多而小人常鲜；其亡也，小人常多而君子常鲜。君子多而去之者，小人也；小人多而去之者，君子也。君子好生，小人好杀。好生则世治，好杀则世乱。君子好义，小人好利。治世则好义，乱世则好利。其理一也。”

钓者谈已。樵者曰：“吾闻古有伏羲，今日如睹其面焉。”拜而谢之，及旦而去。

附录二

《邵康节夫子二奇神数》

【按】此邵康节夫子二奇神数也。康节，古之名士，上识天文，下知地理，今作此数，有阴阳不测之机，变化无穷之妙。随笔书二字，上为内卦，画算百；下为外卦，画算十。合上下二字为动爻，共成几百几十数。以百九十二除之，除至不满一百九十二者，即以此数为起首字，逐加一百九十二，查字积成章句，遇圈而止。凡事不决，焚香虔祝，无不灵验如神。不宜多问，问多则渎，渎则不验矣。

一字数　得欲心不桃狂心意一人
浅喜欲君见嘹贵檐兀一
一相无身玉难乐神虎平
意道虎一鱼可心荆一意
目缺意体事笑参若谋遇
利一遇奇上鼎船人暗堪
小鼎贵桑万芰愁花憔须
雨万无白细江平正门缺
红过纷门深桥湖万湖三
物深空凿名独下江一金

一百零　上拟一欲倾一珠心夫无
子云望不阆欲意猎双云
梦莫疑过君久休用渴鹿
入积事乘不月安美岸事

道一无善易正宝蜗鹊事
喜事莫月曲明红事进暗
可深门娶乘上知圆师路
花东和添和事朦垂虚二
悲临进明舟佳秋青谋恐
劳莺意行戚还李风和孜
二百零　水相水喜济下不呖客前
兀得番引踪不出难之黯
伏地迷路变事上蓄有棘
人不下月在道了中商非
已不在重险奇不沸到何
中叹子拆客榆里荷脸落
悴著两里踪玉雨阔地直
外月颜尽纷内潭已海水
海箭不户空石遂钓著海
鳞不欲一点行一镜玉下
三百零　事踪结静处归苑捉迷户
燕叆里怪疑尽子历眷则
穿逐而德识马足在静有
润虑路人端末非上镜角
噪有喜未言已中月亦宜
不去以渊外女病接过又
征不残边不一合团胧翼
名关后渊步月离音月毡
已惧心语宜还戚不谢吹
同孜远抉起喜末当见有
四百零　相鹊尘一桃更又安昆难
极黯在起心超高已钓可
余生两足志思关事物生
言应定遇中水不奇分起

中楼防枕出足自催片香
放正无力意涉无朦朦渡
起宜事又羡风复嘉月断
悠波意清守要空得勿寒
占攸缺入下迁艳还杯破
走走可无破月一一一月
五百零　心张卸谜浣事疑山升波
恋行井林易施志取不云
事甘水淹任夫风稳易正
无绳高喜喜完荆圆度重
无休安又委鱼起无不马
当缺千通月事和人事圆
秋遥壶锁笑放且为故至
云终就忧芬燕逢止口近
春起事心一在风春济亲
也征逢噪埃失李相无心
六百零　岗忽矣意前波不遥山成
丝储力平事心难难中无
未不语有事逢帮一为他
忧风流许霹边门舆相晚
帆里笑逢人莫和江迹尘
濛无风守稠重休波纷音
明路悠涛悠云路牢空玉
忧潭先悠一手和而阳正
展照盘悠成迹花当重劳
时中不弦书月江迟一前
七百零　小涛奔舍饥中出功速骏
足闲又甘深留招一雨愁
难有尘头枝物终心棘花
有圆颜理退明可可千攸

上稳须缺里门缺西同获
笑物月飞位谨嘻钓徘钓
渡见门复事煎心泥贵徘
啾似风黑和戚水迷波月
欲上防鸿便正久退一牵
迹不石然则悠途澜迷门
八百零 别空纶片不地一不伸圆
信讹了足波忌何不出重
忧利愁波急多雳忧庭脱
亲景轻许颜春问游同山
远黄湿船烟安叠圆著三
纷来镜不孤静悠路断扦
里淘前中机烟镜得同未
春排愁两中然功远花中
山心春兔迷射舞朦水迷
番后人东前则尽出而问
九百零 而求难昏疑有舟人呼人
催已非终染利上有成不
恶再直颜色多不来以钓
戈利危下改又福闲镜边
下一谈周映去久提嘻清
徊清月喜浅旧何皆劳喃
前徊嗷易西云同戚一途
平生求人人高可翩待后
番殷远安舟平生悠行所
事前有一弱玉足风事安
一千零 守残有其人内涛末忧逢
战山风与决孤花愁情更
青辐功缺波思开行林遨
轻风近金江惊时动阴枯

意五虚生影通舟一烟营
桥头得沙春途其波跌还
劳可枯徊眉人田周有近
开光高力阶须事兽指胧
波休笑险阻风尘藏饼人
难子且婚伸迷云美易不

一千一百零 风来春遭难有金而行光
否同终发心色凋错可忧
托幽亲花陂接何图绵塞
破成同宝成全牛皆沉防
行绝春风虽颜薰枝忧在
心花程不一似飞飞门梦
山翻地桃强心背飞期翩
时欲春勤近动离地悲收
人事宽闭期事收甘倚波
两两愚花未中圆外鼎为

一千二百零 明月征风波天千舟开淡
虑嗟衣有名月平忖愁人
开长帆波难埋边涛下生
人枝人逢怀涯一发浪天
波求从防成得风兴中下
不防而迁枝来天心园施
益难枯辉深贵前凭宽禽
日一深言后险征使纵一
慢从恹孙反言心道中始
没沏波清去大忽始貂今

一千三百零 人终获疑为事事欣零月
上心事林明闲防不虑虚
绵谨钗风翻事佳一背因
沈小中无风作云飞风上

金目有开去已番难又月
外平高覆先李术易面羽
门忧幽先谁喜终静古起
盛却莫足心塞望还拾珠
休起心两安不故进物见
沸恐月沈一波何时障安
一千四百零　春然浑门入贵唾恐浪桂
月在听竿遇尽觅土路恐
未灾多色在谁独应场舟
头风下指整宵功珠喜澜
路钧圆走未提朵已地中
足事还觅树到渐人花桃
心暗一雁下不一往战好
缭骑劳月恹杀覆贞曲路
一有路头一风落雨地似
己已右始得虑鸾悠还然
一千五百零　一掩下事迟鸟两又失和
小中造慎分物云团音往
林避禄节道埃柳线人腾
雨可鳞前成满有藏思等
复在得安一终荆不心变
遇翼前虑窗路识自难两
渡波之线乱云不雪人成
难停春四矮事我再人退
未愁事先上海番道足灯
雪渡又进难里问人手难
一千六百零　不魄挂半杜钓便日旱日
不怕能利遇更屋知掩有
空理来日钓日理小蟠眼
自水不六圆若有防朵动

合事阜未无旱树处可扶
柳李不中齐人钓到番来
生太乱出心下到牛直随
野云雁终遥狂点明尽狂
起月剪变渡好骊无风悠
成风夜雷相可迟可不复
一千七百零 跌相悔密化提体月覆圆
在一外远马不最巨絮举
出一过生已若清院缘玉
虑无东天成防山可棘用
无迁不空好全寂通阳然
觅三滩澜极莫呼难宽推
目喜力停风方花相分鲜
千多圆哭久质重底获坦
忌花一河迟步得闹程重
成圆惊圆高程鹃在风间
一千八百零 海久通天安通合鲜中浪
门庆妄楫人间钓成慢人
桃前然寒迷鳌无论功喜
新摇好合丰全咎海头通
攀方新梯宽一来云难头
悲难离平出重如归再祭
待时塘散飞终山求无月
枝风波缠裁通头商龙始
书无惑云风中投谐无获
和秋见缠多密生防来笔
一千九百零 雨门牛来鸡行当知宜鳌
吹纲重去时风上逢风开
利怀一人家心功出水免
言强一事过云似消静大

和施平番行易矣下路笑
要未下若又稳一倚枯得
全○里往要云无欲楼人
丑然若传输巧事事转意
贵整获若行时壹事一蟾
道已行光道月若名贤一
二千零　舟静钦名报又未利若许
心倘午日更鱼目连可周
出处志莫施同休逢云行
春道举合鹊三一箭寂中
利长落若苦身门关捕新
三佛岁谐○月花有阴闭
时两头枯澜花也草半量
颔亨目不云相邻空明终
舛只朱严嗟相终要成云
休明几外程平鸣一求戒
二千一百零　所随水烟关披若莫钓明
借倚名珠番乎中遮交义
尽风语忧定机到程风喜
有道气为地终藏易则钧
傍谈知分尚遇薄稳歌栏
树忧军○自轮知散伤往
壶在在壶遇信月中宁始
眼绪人续金遇行印人成
声蜍途吞舟辉途斜能达
女条行又眉利信遇遇名
二千二百零　逢多高有载下垂不前获
说旋门惹专强为心言龙
内舟意途头式声星场落
寞残名竿红得前退庭佳

影欢交及寒老过明开始
步塞问相桃木欢守逢头
途壶下通前合散逆鸡成
珠须错用衣霜跎扰无周
出藏往高成讨平步声途
未因求得边波好云逢为
二千三百零 劝鉴力阑终寸忧云无不
加○山波虑煎一如底间
来自谁心象无起期终易
必○须终端云孤口○前
一惆直来虽○徘圆端月
时且中梦王中草后○藏
心无黑更来须力无毛绶
从还山窟人钩空也人云
静叶难夷水无望有○狂
夕无龙闲○疏熟何三饵
二千四百零 无歌○谨通勾方得○○
谋还执徒意逢天○传齐
双空淹花终终满清有目
○音遇盈加西花缺月渐
逢○难要心猜李人笑成
天二不中珠○应○月和
醒担一成○久临将○平
昝旋自月事楼空○步青
远经见循终不行锦问上
楚一名括吹青有心说中
二千五百零 意得事○穷一参明车失
无万仪然知自新不风事
有谈哀○仔有的开旋边
○遇曲怅待却历○徊人

的光问迟客中庭别头动
○是不忧云索助○积锥
阻来千不月直得上劳须
信淡耐落助坦里风灯更
○风照阻与口○虞不用
天正好笑○言大连遇上
二千六百零　○○未有鞭劳笑水上○
好拱喜尘留谢有人地风
吉下○愳虎脸意邻残月
如宜骤○行见绪获花人
两而意笑了日忽○有○
重合午阁颗一○长日及
○地笑时然黑始笑进○
踏天闻齐真成有用客鳞
津天国时一破嘘梦望千
了笑绪闭有○处点商月
二千七百零　两一凭里能一若安林利
云必望笑须○细忌信见
雁人○良○望交义险○
天缺信辉不迟点○凤有
人静○拙静○收索力○
德容滞从里就笛欲意饵
费人远处守花巧路○须
大迁○○山隔鬼语○事
怕踌钩载意中○缄道前
合旦○○遂吉人费嘻顺
二千八百零　看○信照事忽客舞望手
无便人还○迟龙上不功
果重钩进两○行无乱得
枕尽三己合后事月然○

待○圆不梦○○笑○心
月至○风呵来功○安笛
退○青○自意一大望疑
倦易且○旧喜纲空前觉
三里休看船时终○名无
犹人头万据任将人逢然
二千九百零　下愁似欢用平知灾灾事
犹日来心○图○无青欢
后○边光月转利秤头○
衔天恩总○人若○拥心
花○仰方远此来索千云
歌何力顾凭音自开渺翘
○知伴雁○○楼行名翻
○纵五踏得月仅流○口
从途切止○○此人报力
嘻千明○草双不然从风
三千零　目人一偏逢早○间方不
堪名热明梦步水○行由
全金道畔番○终宜长日
失○何○千迁心○○月
○不始退○波呵始名○
宁声须○云○有人片殃
不猜桃见向○知还收转
程无五○时○在无○○
利○恐千○事○意忙进
青○水事笑○舍生得○
三千一百零　祸回隔○嘹下○○○语
○○必○雁彩影祸○心
○○丹○尺相○事起○
出神谢○望知处成○绊

里中唱必○○仗信有○
渺首○明我行○○○路
利作○好更○意明免○
○○此若忌○○○去月
在○○里月○木喜得狼
兹○下钩扫舟信○○○

三千二百零　可用○两○○断○畔○
自○仗鳞有不○○不始
暮○却○用○里○事○
○下○用觉步○○○见
得○○○防○○○贵是
彩○必○畔○前○已疑
○○○语月○又○浪事
○○不○无里○尽○到
事了紫○边转还○不终
失○自心两○呖堪○○

三千三百零　对怨○○有足足更上当
○须○○诏○青宜○转
语○扶亦字○太喜更名
○二暗得急遇○○借有
贵○终望○达生终○○
○出一笑○定风○获还
是○○○得得三○○○
一又三○○快出○尽照
出虎下○未上独过在○
○○省敛○字○○邯○

三千四百零　鸟○有○贵下人坚○○
惹不转○复○早○风○
总○○莫○生笑不○○
○缘就○○○终○○○

人满云○邹○有○行○
等卦○○○敛团○不○
涛暂○○为○端○○成
○西成一人○寻团成○
为有无○然觉重○黄凭
○○斜东○○升○傅楷
三千五百零　阑成○借○○堤○云○
○蹉多○桑颠不○阳月
通山○三消巨流波○○
东人人○难青○青黄折
○○○重齐歌○心○○
鳞○和○○○兴隆三○
○○时团秋○○如人○
欣双重成钩○开金对远
马○○○○双○成○○
郸○频○通○人钩歌○
三千六百零　○○尘宜生○何○踌○
帆○成○○疑○疑呵存
○○○○神○○○少○
○○来园秋○双○忧○
求○闲象○○○愁圆○
休日中相○○难○的○
○灰○东闲人相○沽圆
泣○难忌忧○无欢山○
花委○○汤风○○腾○
书摸干福○势○○扬○
三千七百零　路○○跎疑○日到成○
升然津岳○甸魂鰲中澜
○○风传援○洽天○云
昏阵○○○关周声○惊

○○鲜○非○○○隆人
心○○○通圆后○○风
间○欣是关群台○颜钩
西山牛○○○○眉○而
○○看○啼○津○抉壹
且○○○埃终愁○求○
三千八百零　踏○急○空○○猜○惑
呵留○○○○明○○○
功○○○汲春后○眉○
怀○玄○一凶○○○颜
○○○○○远事○○○
○○○○○○事则引○
计○○○○○喜○○○
○○地○○○○○○○
○○信○○○○○○○
畔○○○○○○○○○
三千九百零　○○○○○重○○○○
○○○○○○○○○○
○路○○○○○○○○
○○○○○○○○○○
○引○○○○○○○○
○○○○○○○至○○
○○风○风○○○○○
○就○○黛○○○处○
○○笑○○○○○○○
○○○○○○○○○○
四千零　○○○○○○○○助○
○○○○○○引○至○
○○○○主○荐○○○
○○○○○○○到○○

○○○○○○○○休下
财○见○○○○○天○
○○○○此○○○○○
○○○○数○○○○○
○○得○○○○○○○
○○○○○○○光○○
四千一百零　○○○○○○○○○○
○○○用○○○○○○
○○○○○○○○○○
○○○变○○○○○○
○○○○○○○○○背
○○○○蹙○在○○○
○○○回○○蹙○○○
目○○○外○○○○○
○○○○○○○○○○
○○○○○○○○○○
四千二百零　跎○○○○○○○何○
去○○○○○何○不○
○○○○○○○○○底
○○○○○○○○○○
听边利○时○○○○○
理○○○○○际○○○
○○○○○○点○○○
○○○○个○○○○○
○○○○○○○○○辉
○○○○○○○○○○
四千三百零　○○○○○舍○○○○
○○○○○○○○○○
○○○○○化○○○○
○○○○○○○○○○

○了○○○○黛○楚○

○○○○○首○○○○

○○下○○○要○○○

○○○○○○○○○○

○○○○○○○○○○

○○鬼○○○○○○○

四千四百零　　须○年○○○○○须○

须○○○○○○○○○

○依○○○○○○○○

○○傍还功○了○○○

○○○○○○○○声○

○○○○○○○○梅○

○○○○○○佳○○○

○○○○○○○○○○

○玉○○○○○○○○

○○○○○○○行○○

四千五百零　　○○○○○○○○○○

○○○○○○○鱼○○

○○○○○○○○○○

○○○弓○○○○眉○

○○○○○○○山○○

○○○○香○○○心○

○○○○○○○○○○

○○○○○○○○○○

○○○○相○○○○○

○○功○风○○○○○

四千六百零　　疑○疑○○○○○○○

○○○然○○○○○○

○○○○人有名○了○

○○○○环○○○○○

名〇〇〇〇〇〇〇〇〇
花〇〇〇〇〇〇〇〇〇
〇〇〇〇〇〇〇〇〇〇
〇〇〇节〇〇〇〇〇〇
〇〇〇〇〇〇〇〇〇藏
〇〇〇〇〇〇〇〇〇〇
四千七百零　〇〇〇〇〇〇〇〇〇龙
〇〇〇〇〇〇〇〇〇〇
〇〇〇〇〇弦〇〇〇〇
〇〇〇〇〇〇〇〇〇前
〇〇〇〇〇〇消〇〇〇
事〇〇〇〇〇〇〇〇〇
〇〇〇〇〇〇〇〇〇〇
〇〇〇〇〇〇逢〇〇〇
〇〇〇〇语〇物〇〇〇
〇〇虑〇〇〇〇〇〇〇
四千八百零　〇〇〇〇〇无〇〇〇〇
〇〇〇〇〇〇说好自〇
秤〇〇〇〇〇有〇〇〇
〇〇达〇〇〇〇〇〇〇
〇〇喜〇〇〇〇〇〇〇
回〇〇〇〇〇〇〇〇〇
〇〇〇〇〇位〇〇〇〇
〇〇〇〇〇〇〇〇〇〇
〇不〇〇〇〇〇〇〇〇
〇〇〇〇〇〇〇〇〇〇
四千九百零　〇出〇〇〇〇〇〇〇〇
〇〇〇〇〇〇〇受〇〇
〇〇〇〇〇〇〇〇〇〇
〇万〇〇〇〇〇〇月〇

○○乱○○○○○○○
○○○○○○○○自○
○○○○○○○○○○
○○○○○○似○及○
○○○○二○○○○○
○○○○二○○剥○○
五千零　○○○○○○○○是姻
可○衷○○○○○定○
○○○○帝○○○○○
○○○○色○○○○○
○○我○○○○○○○
○○○○○○○三○○
○○○○○○○○○○
○○○废○○○○○○
○○○○○○○○○○
○○○夫○○○○○○
五千一百零　○○○○○○○○○了
○○○○○○○○○○
○○○物○○○○○○
未○○○始○○○○○
○○○○○○○○○○
○○○○○○○○○○
变○○○○○○○流○
时○○○○○三○○○
○○○○○○○○○克
○○○○○○○○○○
五千二百零　非缘期○情○○○○○
期○○○○○几○○○
○○○○○○回○○○
○○○○营○○○○○

○○○○○○○○○○台
○○○○○○○○○○○
○○○○○功○○○○
○○○○○○○○○○○
○○○○○渊○○○○
○○○○○○○○○○○
五千三百零　○惊○○○○○○○○○
○○○○○新○○○○
○○明○○○麻○○○
○○○○○○○○○○○
○○○○○○○○○○○
○○迁○○○○○○○○
星○新○○○○○甸○
○○○○○○○○○○○
○○○○○○○○○○○
○○○○○○○○○○○